Hachette

CHAMPIONNAT DANS UNE BAIGNOIRE

Dans la même collection

Henriette Bichonnier
ÉMILIE ET LE CRAYON MAGIQUE

Marie-Raymond Farré
LA FOLLE HISTOIRE DE GRAND-MÈRE PIRATE
AH ! SI J'ÉTAIS UN MONSTRE...

Sid Fleischman
MON BANDIT SUR SON BOURRIN BORGNE

Paul Fournel
LES AVENTURES TRÈS DOUCES DE TIMOTHÉE LE RÊVEUR

Gianni Rodari
HISTOIRES À LA COURTE PAILLE

Roger W. Drury

CHAMPIONNAT DANS UNE BAIGNOIRE

illustré par Christian Jauffret

Texte français de Marie-Raymond Farré

L'ÉDITION ORIGINALE DE CE ROMAN
A PARU EN LANGUE ANGLAISE
CHEZ LITTLE, BROWN & Co., BOSTON, U.S.A.
SOUS LE TITRE :
THE CHAMPION OF MERRIMACK COUNTY

HACHETTE, 79, BOULEVARD SAINT-GERMAIN, PARIS VIe

1

INCROYABLE ! Dans la nouvelle baignoire de ton père ! Sur un vélo ! Non, c'est incroyable ! »

Mme Berryfield et sa fille Janet étaient agenouillées dans la salle de bains et, bouche bée, elles regardaient au fond de la baignoire.

« Ce n'est qu'un tout petit vélo, maman. Il ne prend pas beaucoup de place !

— Je sais, je sais. Mais dans la nouvelle baignoire ! Ce n'est pas vrai ! Comment a-t-elle pu descendre ?

— Peut-être qu'elle roulait sur le bord et qu'elle est tombée ? »

Mme Berryfield frissonna.

« Regarde-moi cette pente, dit-elle. Elle aurait pu se casser une patte, se coincer la queue dans les rayons, briser son vélo en mille morceaux... »

Octave faisait mine de ne pas entendre, ayant l'habitude qu'on l'observe et qu'on fasse des commentaires. Depuis le mois de mars, son

entraînement pour le championnat régional de vélo avait commencé, sur toutes les pistes possibles et imaginables : les accidentées, les lisses, les montagneuses, les plates... Et la nouvelle baignoire de M. Berryfield était de loin la meilleure. De plus, elle était très pratique car elle se trouvait juste au-dessus de la cave où Octave vivait avec sa famille.

A Bel Air Park, aucune autre maison n'avait de cave. C'était des bungalows modernes, avec un toit plat, construits sur des fondations en béton. Jusqu'à l'automne dernier, la maison des Berryfield avait été comme les autres, mais M. Berryfield n'arrêtait pas de dire que c'était lamentable de n'avoir ni cave ni grenier. Il répétait que la salle de bains n'était pas plus grande qu'un placard et que la baignoire était si petite qu'il devait se plier comme un accordéon pour s'y baigner. Et ce n'était pas tout ! La baignoire était si peu profonde que l'on ne pouvait remuer les orteils sans éclabousser partout.

Pendant douze ans, il s'était résigné à sa maison sans cave ni grenier et à sa baignoire misérable. Mais douze ans, cela suffisait ! Finalement, il avait économisé assez d'argent pour ajouter une petite aile à la maison. La nouvelle salle de bains était deux fois plus grande que l'ancienne. Elle donnait sur deux escaliers, qui menaient l'un à une cave, l'autre à un grenier aménagé au premier.

Mme Berryfield pensait que ce serait bien peu commode de traverser la salle de bains pour se rendre au grenier ou à la cave, mais elle n'en souffla mot à son mari.

Janet, quant à elle, s'abstint de rapporter à son père que, selon certains de ses amis, leur maison après transformation ressemblait à un chameau. Car, dans la ville, M. Berryfield était un homme important. Le Directeur de Recherche de la Société d'Equipement des Terrains de Jeux de Merrymack County n'avait pas l'habitude d'être critiqué.

La nouvelle salle de bains était bien assez grande pour la « baignoire convenable » qu'il souhaitait y mettre, mais, pendant deux mois, il avait passé presque tous ses week-ends à essayer d'en dénicher une. Depuis la semaine dernière, c'était chose faite.

Le vendeur avait garanti qu'il s'agissait d'une « authentique antiquité ». M. Berryfield avait répliqué que cela se voyait du premier coup d'œil. Aucune importance ! C'était une « baignoire convenable », voilà ce qui comptait !

Blanche, énorme, elle trônait au milieu de la pièce sur ses trois courts pieds de fer forgé en forme de pattes de lion, et sur une pile de romans policiers là où manquait le quatrième pied. Elle était assez longue pour qu'un homme de la taille de M. Berryfield (il mesurait 2,05 m !) puisse s'y allonger à la fin d'une journée de travail. Et elle était si profonde, disait-il, qu'on pouvait tranquillement y piquer un petit roupillon, avec seulement le nez dehors, sans la faire déborder.

C'était une baignoire magnifique et, dès le premier regard, M. Berryfield en tomba amoureux.

A présent, agenouillées près de la merveille, Janet et sa mère observaient avec attention le champion de vélo qui tournait et tournait sans arrêt. Jamais rien d'aussi extravagant ne s'était produit chez les Berryfield. Janet souhaitait que cela dure longtemps, mais pour cela, il fallait garder le secret.

Elle n'avait jamais possédé d'animal, à part une chenille-hérissonne que son père lui avait permis de garder dans un bocal, l'hiver dernier. Il disait que la maison était trop petite pour élever des animaux, et qu'en général les parents finissaient par s'en occuper eux-mêmes. Il affirmait qu'on devait se méfier des bêtes qui courent en liberté dans une maison, car elles peuvent aller se fourrer n'importe où.

Janet regarda sa mère.

« Devons-nous en parler à papa ? » chuchota-t-elle.

Mme Berryfield fixait l'intérieur de la baignoire.

« Incroyable ! répétait-elle. Non, ça n'a pas de sens ! »

Mme Berryfield savait depuis le début qu'une cave et un grenier lui amèneraient des saletés, de la poussière et Dieu sait quoi d'autre. Vers la Noël, cela avait commencé : et ça grignotait dans la cuisine, et ça grattait, et ça trottinait le long des murs.

« Bah ! avait dit M. Berryfield. Ce n'est pas si grave que tu le crois. Un de ces jours, je construirai une souricière. »

Les semaines passèrent. Puis, au cours de son premier bain dans sa nouvelle baignoire, il entendit un craquement dans la cave. « On » avait fait tomber une boîte de clous d'une étagère. Aussitôt, tout changea. Des souris dans son atelier ? Quel affront !

« Je ne vais pas supporter ça ! tonna-t-il. Je n'ai pas acheté cette baignoire pour que des souris mettent mon atelier sens dessus dessous pendant mon roupillon ! Ne vous inquiétez pas ! Je vais les faire déguerpir ! »

Ce soir-là, aussitôt après dîner, il était descendu dans son atelier de bricolage, à la cave, et il s'était mis à fabriquer une souricière « maison ». Le soir suivant, lorsqu'il eut fini de la monter et y eut placé un bout de fromage en guise d'appât, l'horloge sonnait minuit.

« Ne t'inquiète pas pour l'heure, avait-il dit à sa femme lorsqu'il était venu se coucher enfin. Je veux arrêter ces bêtises avant que ça ne dégénère. »

Le lendemain matin, il avait piqué une colère épouvantable : le fromage avait disparu et la souricière était vide ! La même chose se produisit le lendemain, puis le surlendemain. Il affirma à sa femme que la souricière allait très bien, qu'il y fallait juste une petite retouche.

Seulement, la petite retouche n'eut aucun résultat et la souricière fut pillée cinq nuits d'affilée.

Ce matin même, la colère l'avait presque empêché de parler.

« Parfait, avait-il dit en sortant rageusement de la maison pour aller à son travail. Si elles ne viennent pas se faire prendre dans ma souricière, attendez un peu que je rentre, ce soir ! Elles vont regretter d'avoir voulu jouer au plus malin ! »

Agenouillée avec Janet près de la baignoire, Mme Berryfield se rappelait l'air menaçant et les paroles de son mari.

« Oh, mon Dieu ! dit-elle.

— Qu'y a-t-il, maman ? Tu as mal aux genoux ?

— Non, ce ne sont pas mes genoux. Bon, d'accord, j'ai mal aux genoux, mais enfin... Si ton père s'est mis dans une pareille colère en entendant des souris dans son atelier, qu'est-ce qu'il va penser en voyant celle-ci dans sa baignoire ? »

Octave n'accordait pas beaucoup d'attention à leurs deux voix feutrées. Il était occupé et heureux (trop heureux pour s'inquiéter des horribles projets de M. Berryfield) car il avait découvert la plus belle piste qu'il eût jamais vue.

Il tournait, tournait sans cesse au fond de la baignoire en levant le menton pour que l'air vienne chatouiller les boucles de poils courts et crépus de son poitrail.

Personne dans sa famille n'avait de pareils poils. Ses parents avaient vu dans cette particularité une promesse de célébrité. Mais jamais ils n'auraient pensé qu'il deviendrait champion de Merrimack County !

Ils avaient choisi son prénom selon l'ordre alphabétique — comme ils l'avaient fait pour tous ses frères et sœurs : l'aîné s'appelait Adalbert, le second Balthazar, la troisième Césarine, et ainsi de suite. Lui s'appelait Octave : il était le quinzième. Tout à fait le nom qu'il fallait à un champion, car la foule pouvait facilement le scander sur son passage pour l'acclamer : « Oc-tave, Oc-tave, Oc-tave ! »

Il baissait toujours la tête en passant sous le bouchon de caoutchouc qui pendouillait à l'un des robinets. A l'autre bout, il n'y avait pas d'obstacle et il pouvait sprinter. Sur sa lancée, il remontait légèrement la pente, avec la sensation délicieuse d'être un yoyo. Jamais il n'avait vu de piste aussi belle et aussi lisse.

Il leva les yeux et aperçut, au-dessus des bords blancs de la baignoire, le visage de Mme Berryfield et de Janet qui l'observaient toujours intensément.

« Maintenant, se dit-il, je vais leur montrer pourquoi les foules se déchaînent sur mon passage. Je vais leur montrer ce que ça signifie d'être le champion de Merrimack County. »

Il agrippa le guidon, se pencha sur son vélo et pédala de toutes ses forces. A présent, il filait dans le fond de la baignoire, et prenait les virages en épingle à cheveux autour du trou. Les pneus crissaient, le guidon tremblait, mais la roue avant restait quand même en équilibre.

A chaque virage, le vélo s'élevait un peu plus. Le menton touchant presque le guidon et la queue enroulée sur l'épaule pour ne pas être gêné, il mettait toute son énergie à pédaler.

Une fois, sa vitesse l'entraîna plus haut que prévu, aussi redescendit-il précipitamment et dut-il, à mi-chemin, traverser la piste en biais. Il découvrit ainsi qu'il pouvait augmenter sa vitesse en décrivant un huit plutôt qu'un ovale. Quelle aubaine !

Il roulait de plus en plus vite. Il regrimpa la pente puis redescendit en trombe vers le trou. Une fois, deux fois, trois fois, et puis zzoum ! Emporté par son élan, le vélo grimpa complètement sur le bord de la baignoire !

« Youhou ! cria Janet. Elle a réussi ! »

Mme Berryfield, qui retenait son souffle, mit brusquement la main devant la bouche.

« Attention ! s'exclama-t-elle, attention, petite souris ! Tu vas passer par-dessus bord ! »

Octave lui lança un regard méprisant et prit le premier virage sur les chapeaux de roues.

« Par-dessus bord ! Et puis quoi encore ! » marmonna-t-il.

Malgré tout, il devait faire très attention. Rouler sur le bord d'une baignoire, c'est comme rouler sur un tuyau. Si on se déporte sur le côté, on risque de perdre l'équilibre. Octave effectua deux tours d'honneur, le nez en l'air, en pédalant à toute allure.

« Me prend-elle pour un amateur ? Si ce petit numéro l'impressionne, qu'est-ce que ce sera quand elle verra ma *Descente Infernale du Rio Grande* ! »

Il s'arrêta pour regarder la longue pente blanche, au-dessous de lui. C'était le plus magnifique spectacle qu'il ait jamais vu. Il l'avait déjà dévalée une fois en roue libre et... *Rio Grande !* Quelle descente ! Mais cette fois, il ne l'effectuerait pas en roue libre, lui, le champion de Merrimack County ! Devant des spectateurs, pas question ! Cette fois-ci, il roulerait à tombeau ouvert !

Il braqua le vélo vers le trou, ajusta la mentonnière de son casque bleu électrique, posa le pied droit sur la pédale et plongea.

« Elle va se tuer ! » cria Mme Berryfield.

Janet, la gorge serrée, s'enfonça les ongles dans les genoux.

Octave pédalait comme un fou, le nez piquant vers le bouchon qui pendouillait au robinet.

Soudain, Janet sentit son sang se glacer. Quand elle avait utilisé la baignoire, avant le petit déjeuner, elle avait remarqué un petit bout de savon collé au fond. C'était ce qui restait du savon qui avait fondu dans le bain de son père, la veille. Il y était toujours, blanc sur la baignoire blanche, en pleine piste.

Janet aurait voulu prévenir la souris, mais sa voix s'étouffa dans sa gorge. Les instants qui suivirent lui semblèrent durer des siècles.

Le matin, lors de sa première descente, Octave avait réussi à éviter le bout de savon. Mais maintenant, il allait à toute allure et n'y pensait plus. Juste avant d'arriver dessus, il jugea le moment venu de ralentir.

« *Rio Grande !* » hurla-t-il, et en même temps il serra les freins.

Janet prit son cri de triomphe pour un cri de terreur. Pourvu que le savon soit sec...

Il ne l'était pas !

La roue avant buta dedans et se mit à patiner, suivie par la roue arrière. Le vélo zigzagua follement. Octave tenta de se maintenir en équilibre avec le pied gauche, puis avec le droit, et puis... crac ! Ses deux roues vacillèrent et il se retrouva par terre, déboulant vers le trou, avec son vélo.

Une pédale racla l'émail de la baignoire en grinçant et alla se coincer dans le trou. Le vélo fut projeté violemment contre la paroi et la roue avant se plia en accordéon.

Et... bang ! Le souriceau glissa contre le vélo disloqué.

2

QUAND il se réveilla, Octave garda les yeux fermés et commença par écouter sans bouger. Deux personnes parlaient, l'une jeune, l'autre plus âgée.

« Elle respire, dit la plus jeune. Je t'assure ! J'ai vu ses moustaches remuer. J'espère qu'il n'y a rien de cassé.

— Tu ne vois pas que sa roue avant est cassée ? dit la plus âgée.

— Oh ! si, dit la première. Mais je ne parlais pas de la roue, je parlais de la souris. Comment savoir si elle ne s'est rien cassé ? »

Octave ne bougeait toujours pas et il se demandait de quoi parlaient ces deux voix. Quelle souris ? Quelle roue ? Que faisaient donc ces gens dans son trou ?

Il sentait quelque chose de dur lui peser sur l'épaule, et une douleur à la queue. Il ouvrit l'œil à demi. Qu'est-ce que fabriquait cette roue de vélo, ou plutôt non, ce vélo, sur lui ? Il referma l'œil et essaya de réfléchir. Pourquoi y avait-il un vélo dans son lit ? Sans doute un cauchemar. Il ouvrit l'œil à nouveau. Le vélo était toujours là.

« Tout ça à cause du savon. Ses roues ont dérapé quand elle a freiné, reprit la voix jeune.

— Mais même sans le savon, dit l'autre voix, crois-tu qu'elle aurait pu s'arrêter ? C'est insensé. Comment descendre cette pente à fond de train sans se fracasser contre la paroi ou tomber dans le trou ? Cette souris est cinglée, ou bien c'est une vraie tête brûlée.

— C'est une souris pas comme les autres, dit la voix jeune. Voilà tout ! »

Ah ! Octave se rappelait maintenant qui il était et où il se trouvait. Bien sûr qu'il était un souriceau pas comme les autres ! Le plus jeune champion que Merrimack County ait jamais eu ! Il avait déniché une piste blanche, lisse comme du verre, où il avait fait une démonstration de son numéro, la *Descente Infernale du Rio Grande.* Mais il ne l'avait jamais exécuté sur une pente aussi raide, et cela avait dû mal se terminer puisqu'il se retrouvait aplati par terre, avec son vélo sur lui.

« Je me suis ridiculisé, pensa-t-il. Devant des spectateurs ! Moi, le champion de Merrimack County ! »

Rien que d'y songer, il en était malade. Il aurait voulu être chez lui, tout seul, dans son trou. Oh, non ! il n'allait quand même pas pleurer !

Les deux voix reprirent :

« Maman, regarde !

— Oui, je vois. Pauvre souris ! Elle pleure ! Il faut la laisser seule. De toute façon, Janet, c'est l'heure de préparer le déjeuner.

— Et on réfléchira à ce qu'on peut faire pour elle et son vélo », ajouta la voix jeune.

Octave entendit Janet et Mme Berryfield s'en aller sur la pointe des pieds.

« Cette dame, se dit-il, la plus âgée, elle a de la jugeotte, comme ma mère. Elle s'effraie pour un rien, mais elle sait quand une souris a besoin d'être seule. »

Il essaya de remuer ses membres, un à un. Ils étaient raides, mais ne lui faisaient pas mal en bougeant. Il passa la langue sur ses lèvres sèches, respira plusieurs fois à fond, puis ouvrit les yeux. Il regarda autour de lui, sans tourner la tête, à droite, à gauche, en haut et en bas.

Jusque-là, tout allait bien.

« Rien ne cloche, pensa-t-il, mais je me suis conduit comme un idiot. »

Il attrapa son vélo par le cadre, le souleva pour se dégager et se mit sur ses pattes.

Aïïïïe ! Quelle horrible douleur !

Sans bouger la queue, il se retourna pour regarder. De toute évidence, sa belle queue harmonieusement fuselée avait une bosse !

« On dirait que j'ai avalé une cacahuète, et qu'elle est descendue se coincer dans ma queue », songea-t-il.

Mais cela n'avait rien de drôle. Sa queue pouvait très bien être fracturée. La dernière fois que cela était arrivé dans sa famille, c'était quand son grand-père Rufus avait fui un chat imaginaire, lors d'une crise de somnambulisme, et qu'il s'était retrouvé la queue prise dans une souricière, pas imaginaire, elle. Ses hurlements de douleur avaient réveillé toute la famille, Octave compris. On l'avait libéré au moyen d'un clou. La queue avait mis des semaines à guérir, et jamais plus il n'avait pu lui redonner sa jolie forme en spirale. Il réussissait seulement (... au prix de quel effort !) à la redresser en point d'interrogation. Et les jours de pluie, il avait encore mal.

Plus Octave pensait à son grand-père, plus il souffrait. Comment faire pour ne pas rencontrer de monde avant que sa queue soit guérie, comment expliquer ce qui s'était passé et avouer qu'il s'était conduit comme un bel idiot ? Et arriverait-il seulement à remonter sur son vélo ?

Son vélo ! Drôle de champion qui n'avait pas aussitôt regardé son vélo !

Calamité ! La roue avant était complètement voilée, irréparable ! Et lui, le champion de Merrimack County, lui, qui devait défendre les couleurs locales au championnat régional, dans trois jours, il ne pourrait pas rouler... Trop, c'était trop !

Il se glissa au bout de la baignoire en traînant sa queue endoloric, s'assit sous le bouchon, le dos appuyé contre la froide paroi blanche, enleva son casque, le posa sur ses genoux et regarda la cocarde rouge qu'il avait gagnée, lors de son dernier championnat.

Dire que maintenant il se retrouvait ici, dans cette baignoire, sur cette piste glissante, son vélo inutilisable et sa queue cassée...

3

JANET courut jusqu'au magasin de vélos, chez Harry, deux rues plus bas en descendant la colline, après le portail de Bel Air Park.

Harry était un vieil ami. Il avait plus d'un tour dans son sac et c'était très amusant de venir le voir. De plus, il savait s'occuper des animaux. Pendant les vacances de Pâques, Janet était allée tous les jours voir les cinq chiots nouveau-nés, des beagles, qui se trouvaient dans l'arrière-boutique. Mais aujourd'hui, elle ne pensait guère à eux.

Harry était penché sur une bicyclette neuve qu'il astiquait. Comme il ne l'avait pas vue entrer, elle resta silencieusement sur le seuil, retenant sa respiration, ne sachant comment lui demander une roue pour un vélo de souris.

Après déjeuner, Janet et sa mère avaient trouvé Octave dormant à poings fermés dans la baignoire, sous le bouchon suspendu au robinet. Sa queue était tout enflée. Pendant le repas, elles n'avaient discuté que de l'accident, et elles s'étaient mises d'accord sur une chose : il fallait sauver cette fantastique souris de tout ce que pouvait concocter M. Berryfield.

Mais elles furent consternées en remarquant la rayure noire que la pédale du vélo avait laissée sur la paroi de la baignoire. Janet toucha du bois, dans l'espoir que cela partirait. Rien à faire : l'émail blanc avait été rayé jusqu'au métal. Janet et sa mère se comprirent d'un regard. Elles pensaient toutes les deux : « Papa va forcément remarquer cela. Comment lui expliquer ? »

M. Berryfield rentrerait de son travail vers six heures. S'il découvrait que sa précieuse baignoire avait été utilisée comme vélodrome (et, en plus, par une souris), ce serait la fin de tout !

Inutile de lui rappeler qu'il avait fait tomber le morceau de savon dans la baignoire, il ne reconnaîtrait jamais qu'en définitive c'était lui le responsable. Et si on lui disait que la souris était blessée, il rétorquerait : « Une souris n'est qu'une souris ! »

« Si c'était n'importe quelle souris, dit Mme Berryfield à sa fille, je comprendrais.

— Mais ce n'est pas n'importe laquelle. Il faut la soigner, nous occuper de sa roue et de cette affreuse rayure avant le retour de papa. Il le faut absolument ! »

Mme Berryfield tâta à nouveau l'éraflure.

« C'est bien une rayure. Incroyable ! Et dans cette baignoire ! Insensé ! Que diable allons-nous faire ? »

Janet savait très bien, elle, quoi faire.

« Je vais aller chez Harry acheter une roue neuve. J'ai trois dollars et dix *cents*. Ça devrait

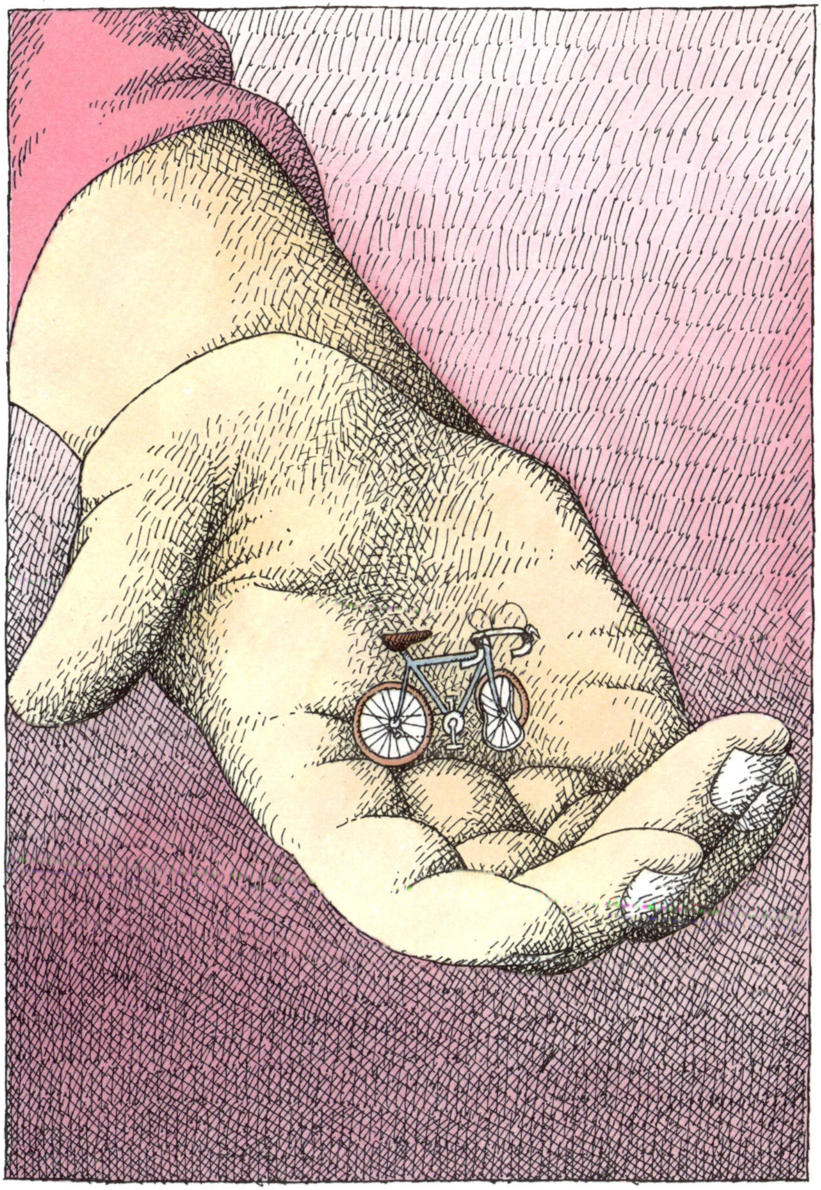

suffire pour une si petite roue. Pendant ce temps, tu l'emmènes chez le médecin. »

Facile à dire ! Maintenant que Janet se trouvait dans le magasin d'Harry c'était tout autre chose.

Harry accrocha son chiffon au garde-boue arrière du vélo qu'il astiquait et leva les yeux sur elle.

« Salut ! dit-il. Mes chiots ont glapi toute la matinée. Ils te réclamaient. Tu n'y vas pas ? Eh ! Pourquoi tu restes plantée là ? Parce que les vacances sont finies ? Hein ? »

Janet avala sa salive.

« Est-ce que vous vendez des pièces détachées ? demanda-t-elle. C'est-à-dire, est-ce qu'on peut acheter rien qu'une roue, sans acheter tout le vélo ?

— Je vends des pièces détachées, bien sûr. Pas de problème », répondit Harry.

Il ramassa le chiffon et s'essuya les mains.

« Tu as besoin d'une roue ? Tu as attaqué un arbre avec ton vélo ?

— Ce n'est pas pour le mien, expliqua Janet. Le mien va très bien. C'est celui de... d'un visiteur.

— Il est aussi grand que le tien ?

— Oh, non... Plus petit !

— Mais grand comment ? Tu ne sais pas ?

— Pas exactement. J'ai apporté le vélo pour ne pas me tromper.

— Bravo, dit Harry. Ça sera plus facile. Tu l'as laissé dehors ? »

Il se dirigea vers la porte.

« Non, lui cria Janet. Il est ici. »

Harry se retourna et la vit fouiller dans la poche de son jean. Il se gratta la tête.

« Y'a de la place dans les jeans qu'on fait maintenant ! Combien on peut y mettre de vélos ? »

Janet sortit un petit paquet entouré d'un élastique qu'elle fit sauter. Tandis qu'elle commençait à défaire le papier de soie, le sourire d'Harry s'évanouit.

« Elle te fait une blague, Harry, murmura-t-il. Elle te fait tourner en bourrique ! Elle se paie ta tête !

— Voilà », dit Janet.

Elle avait fini de déplier le papier et le vélo de la souris apparut nettement dans la paume de sa main. Elle le lui tendit.

« Par le chat à sept queues de ma vieille tante Alice ! Où as-tu trouvé ça ? »

Harry prit doucement le minuscule engin et l'examina d'un côté, puis de l'autre.

« Laisse-moi le voir de près », dit-il.

Il se dirigea vers son établi, suivi par Janet, ramassa une pince et donna une pichenette sur l'une des pédales. Elle tourna un moment sans bruit puis s'arrêta.

« Regarde-moi ça ! s'exclama Harry. Il ne peut pas y avoir de roulement à billes, c'est trop petit. Mais diable ! Tu as vu comme ça marche ? »

Il examina de nouveau le petit vélo sous la lampe de l'établi.

« Cette chaîne... Incroyable ! Et y'a même un changement de vitesse ! Attends une minute. Je voudrais savoir si ça marche aussi, ça. »

Il prit une pince à épiler et appuya avec précaution sur la poire du klaxon fixée au guidon.

« Tu as entendu quelque chose ? demanda-t-il.

— Non. Et vous ?

— Non. J'aurais dû appuyer plus fort. Ecoute. »

Touit ! Touit !

« On dirait un chiot qui s'est coincé la queue ! » fit Harry en riant.

Il regardait le vélo avec admiration.

« Et dire qu'il n'est guère plus gros que mon pouce ! Mais... cette roue avant, ça me rend malade de la voir dans cet état. Qu'est-ce qui s'est passé ? »

— Eh bien, voilà, commença Janet. Elle a glissé dans le fond de la baignoire, et elle s'est cognée contre la paroi, sous les robinets. »

L'estomac chaviré, elle revoyait la souris gisant près de son vélo après le choc.

« Elle a eu de la veine de ne pas se tuer ! ajouta-t-elle.

— Si tu veux mon avis, dit Harry, on n'aurait pas dû lui permettre de se baigner avec cette petite merveille. C'est une pièce de musée. Que voulait-elle en faire ? Voir si ça flottait ?

— Oh ! non, elle roulait dessus.

— Elle roulait dessus ? Dans la baignoire ? »

Harry la fixait d'un air ahuri.

« Il n'y avait pas d'eau dans la baignoire. J'ai oublié de vous le dire. »

Le regard d'Harry alla du vélo à Janet et de Janet au vélo. Le bout du doigt appuyé sur la selle, il faisait remuer le minuscule engin.

« Très bien, dit-il, récapitulons. Elle roulait dessus, dans la baignoire. Maintenant, explique-moi, Janet Berryfield, explique-moi, lentement parce que je suis en train d'y perdre mon latin, *qui roulait sur ce vélo dans la baignoire* ? »

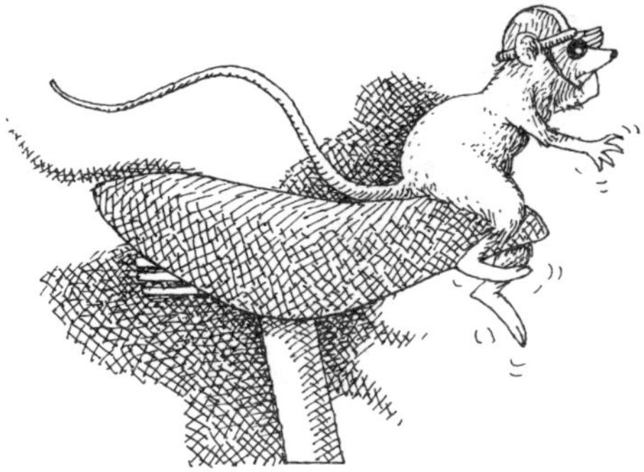

4

UNE souris ? s'écria Harry. *Une souris qui roulait sur ce vélo ? Dans ta baignoire ?* Regarde-moi dans les yeux, Janet Berryfield, que je voie si tu blagues. »

Janet le regarda, l'air fâché.

« Je vous ai parlé de la souris seulement parce que vous me l'avez demandé. Et ça m'est égal que vous me croyiez ou non, du moment que vous avez une roue neuve pour remplacer celle qui est abîmée. »

Harry se gratta l'oreille.

« Tu crois que j'ai des pièces détachées pour un vélo de cette taille ?

— Eh bien, c'est un magasin de vélos, ici, non ?

— Oui, mais...

— Et ceci est un vélo ! »

Harry éleva à la hauteur de son menton le petit engin qu'il tenait dans sa paume et l'admira un moment avant de répondre.

« Sûr que c'est un vélo, mais que le diable m'emporte si l'un de mes clients s'est jamais servi d'un vélo pareil ! Et la cliente dont tu me parles, je l'ai jamais vue ! Regarde ce que j'ai à vendre, moi ! »

Harry lui montra une rangée de roues contre le mur, derrière le comptoir.

« Tu vois les plus petites ? Ce sont des roues de tricycles. Il n'en existe pas de plus petites.

— Mais je dois absolument trouver une roue neuve pour ce vélo. Absolument, et tout de suite !

— Ça pourrait peut-être s'arranger. Seulement, cet après-midi, je crois pas. Et comme ça, sur le moment, je vois personne qui travaille dans le vélo pour souris. C'est plus un travail pour un... pour un... »

Il s'arrêta et un sourire s'épanouit largement sur sa figure.

« J'ai une idée ! Ouais ! Et c'est pas souvent que ça m'arrive ! Tu dis que tu es pressée ? Tiens ! »

Il mit le vélo de la souris dans la main de Janet.

« Refais ton paquet, vite, pendant que j'écris un mot pour mettre sur la porte. »

Janet n'avait pas plutôt enfoui le petit vélo dans sa poche qu'Harry lui faisait signe de se dépêcher. Il prit dans son arrière-boutique un grand tandem rouge et noir avec un vaste panier en fer sur le garde-boue avant et le poussa dehors.

« Je monte devant, dit-il. Toi, saute à l'arrière et pédale un bon coup. Moi, je conduis. »

Tandis qu'ils s'élançaient dans la rue, Janet trouva enfin assez de souffle pour demander :

« Mais où allons-nous ? Pourquoi sortons-nous ?

— Pour la roue ! cria Harry. Pour trouver un vendeur de roues ! De petites roues ! Et plein ! Exactement ce qu'il te faut ! »

FE BLUE MOON BAR
SILVESTER PYE·H

Ils descendirent le talus qui longeait la rivière, traversèrent le pont, et passèrent devant une rangée monotone de vieux moulins en brique maintenant abandonnés, sauf celui qu'utilisait la Société d'Equipement des Terrains de Jeux de Merrimack. En tournant dans une étroite ruelle de la vieille ville, ils furent dépassés par une ambulance dont la sirène hurlait. Janet se demanda si sa mère avait trouvé un médecin pour soigner la queue de la souris. Cela ne servirait à rien de réparer le vélo si la souris ne pouvait plus s'en servir...

« Arrête de pédaler ! ordonna soudain Harry par-dessus son épaule. On est arrivé ! »

Le tandem s'arrêta en grinçant devant une boutique et Janet vit le cadran d'une horloge peint à l'intérieur de la vitrine. Au-dessus de l'horloge était suspendue une enseigne aux lettres dorées et poussiéreuses : *Silvester Pye, horloger.*

Derrière l'horloge peinte, un long balancier était accroché au *e* de *Pye,* aussi immobile que s'il avait été peint, lui aussi.

« Entre, dit Harry à Janet. Pas le temps de bayer aux corneilles ! »

Il ouvrit la porte grillagée en claironnant :

« Salut et fraternité, tonton Silvester. On est jeudi après-midi, et je te parie une demi-livre de rouages en vrac que ton balancier n'a pas été remonté de la semaine ! »

Une sorte de gnome voûté, avec des cheveux blancs jusqu'aux oreilles et une loupe d'horloger collée sur l'œil, dégringola d'un grand tabouret, derrière le comptoir, et s'approcha de la vitrine.

« Tu as raison, murmura-t-il. Ce balancier ne fait même plus tic tac ! Quelle honte ! Quelle honte ! Tu devrais venir plus souvent me rappeler à l'ordre. »

Il remonta une manette et donna une chiquenaude au balancier. Dès les premiers mouvements, tout se mit en branle : l'enseigne s'agita en tous sens, et les crochets menacèrent même de lâcher. Puis, en grinçant, le mouvement reprit son rythme normal, tic tac, tic tac... Silvester Pye revint vers son tabouret.

Harry lui tendit la main, paume ouverte. Le vieil horloger regarda cette main d'un air absent, puis ses mains à lui qui étaient vides. Il se gratta la tête, enleva la loupe de son œil et sourit, tout penaud.

« Tu sais que j'ai mauvaise mémoire, Harry, dit-il. Je devais te procurer quelque chose ?

— Une demi-livre de rouages en vrac, répondit Harry. Parce que tu as laissé ton balancier s'arrêter.

— Une demi-livre ? Oh, oh, oh ! Une demi-livre, voyons voir. De rouages en vrac ? Eh bien, tu as de la veine ! Figure-toi que j'en ai au moins deux kilos sous la main. »

Silvester Pye ouvrit une vitrine contre le mur. Sur l'étagère du bas il y avait une rangée de gobelets en carton, et il en prit un avec précaution.

« Voilà. Tu as dit une demi-livre de rouages en vrac ? »

Il regarda gravement le gobelet puis l'agita.

« Ça m'a l'air d'être en vrac, comme ça », dit-il.

Il posa le gobelet.

« Merci, dit Harry. Alors, Janet, qu'est-ce que tu penses de ça ? »

Il inclina le gobelet et renversa sur le comptoir un tas scintillant de petites vis, de tiges, d'épingles, de ressorts, et surtout de roues en cuivre et en acier. Certaines étaient de la grandeur d'une pièce de cinq francs, d'autres avaient la dimension d'une pièce de vingt centimes, et la plupart étaient plus petites qu'une pièce de cinq centimes. Quelques-unes étaient des disques pleins, d'autres étaient évidées, avec de larges rayons joignant les moyeux aux jantes.

« Des roues ! s'exclama Janet, le souffle coupé. Regardez toutes ces roues ! »

Elle plongea la main dans sa poche, en tira le vélo et se mit à défaire le papier qui l'enveloppait.

Silvester Pye fut attendri de voir avec quel soin avait été fait l'emballage.

« Une montre cassée, hein ? murmura-t-il. Ah ! le jour où j'ai cassé ma première montre... comme je m'en souviens ! »

Mais quand le dernier bout de papier de soie fut enlevé, il vit que cela ne pouvait pas être une montre. Il regarda Harry pour que celui-ci vienne à la rescousse.

« Que tient cette jeune fille, Harry ?

— Qu'est-ce que tu crois que c'est, tonton ? »

M. Pye remit la petite loupe sur son œil et examina.

« Eh bien, ça ressemble à une bicyclette. Pourquoi est-elle devenue si petite ? Qu'est-ce qui lui est arrivé ?

— Un accident dans la baignoire.

— Dans la baignoire ? Et elle a rétréci tant que cela ? »

Silvester Pye secoua la tête.

« Révoltant ! J'espère qu'elle ne l'avait pas achetée chez toi, Harry ? Et il lui faut une roue avant neuve. Mais... »

M. Pye scruta le vélo de près.

« Même si on arrange cette roue, où trouvera-t-on quelqu'un d'assez petit pour rouler sur un si petit vélo ? »

De son pouce, Harry désigna Janet qui, très affairée, fouillait dans le tas de rouages, sur le comptoir.

« Une de ses amies », dit-il.

Janet leva anxieusement les yeux sur Harry. Elle tenait une des plus grosses roues de cuivre.

« Qu'allons-nous faire ? demanda-t-elle. En voici une exactement de la bonne dimension, mais elle est comme les autres, avec des dents à l'extérieur. Le vélo ferait tagada, tagada, et la souris perdrait toutes ses dents ! »

Silvester Pye frissonna.

« Affreux ! Affreux ! Les dentistes sont si chers ! Mais si ce n'est qu'une question de roue tordue, je vais vous indiquer le meilleur homme de la ville pour vous la réparer. »

5

MME BERRYFIELD n'eut pas besoin de réfléchir longtemps pour savoir où elle ferait soigner la souris. Elle alla chez le docteur Potts dont le cabinet se trouvait une rue plus loin que le magasin de vélos.

Le docteur Potts était le médecin de la famille depuis l'année où Janet était entrée à la maternelle. A cette époque-là, elle s'était foulé le poignet. Il l'avait examinée, et avait sorti d'un placard le plus grand rouleau de ruban adhésif que Mme Berryfield eût jamais vu :

« Nous allons lui mettre des bandelettes, et tout ira comme sur des roulettes. Cet emplâtre adhésif est une merveille, Mme Berryfield. J'en suis un partisan acharné. »

En effet. Les foulures, les douleurs, les fractures, et même les maux de gorge, le docteur Potts soignait tous les petits ennuis avec son emplâtre adhésif, qu'il utilisait par mètres et par mètres, et qu'il agrémentait parfois d'un nœud, comme un paquet cadeau.

« Ça remonte le moral ! » disait-il.

Pour l'heure, dans la salle d'attente du docteur Potts, Mme Berryfield songeait qu'elle n'avait jamais rencontré là de souris attendant une consultation. D'ailleurs, elle n'y avait jamais vu non plus de renard, ni de kangourou, ni de blaireau. *En fait, aucun animal à queue !*

Pourtant Mme Berryfield était sûre de ne pas se tromper en lui apportant la souris. Le docteur Potts était un homme doux et gentil. Une souris n'aurait pas peur de lui, surtout une souris intrépide comme celle-là.

Quand elle entra dans le bureau, le docteur Potts lui sourit. Sourirait-il encore lorsqu'il découvrirait ce qu'elle lui amenait à soigner ? Il valait mieux lui annoncer la nouvelle en douceur.

Sur le coin du bureau elle posa la boîte à chaussures dans laquelle elle avait mis le souriceau, avec une vieille serviette de toilette pour que ce soit plus confortable. Elle décida de ne pas l'ouvrir avant que le docteur ne le lui demande.

« Qu'est-ce qui ne va pas, Mme Berryfield ? Est-ce que votre épaule vous joue encore des tours ? »

Mme Berryfield baissa les yeux.

« Non, docteur, elle va très bien. Je... »

Elle s'interrompit, regarda le docteur, et baissa à nouveau les yeux. Puis elle reprit :

« Avez-vous déjà soigné quelqu'un qui avait le bas du dos enflé ? »

M. Potts réagit comme si elle venait de l'arroser avec un pistolet à eau. Il lâcha son stylo qui tomba avec fracas, et se retourna brusquement en émettant un bruit étouffé, comme une pomme de terre dorant au four. Quand il se pencha sous son bureau pour ramasser le stylo, le gargouillis qu'elle entendit ressemblait fort à un fou rire que l'on essaye de réprimer. Mais une fois redressé sur sa chaise, seul un petit tressaillement au coin des lèvres indiquait qu'il avait eu un moment d'hilarité.

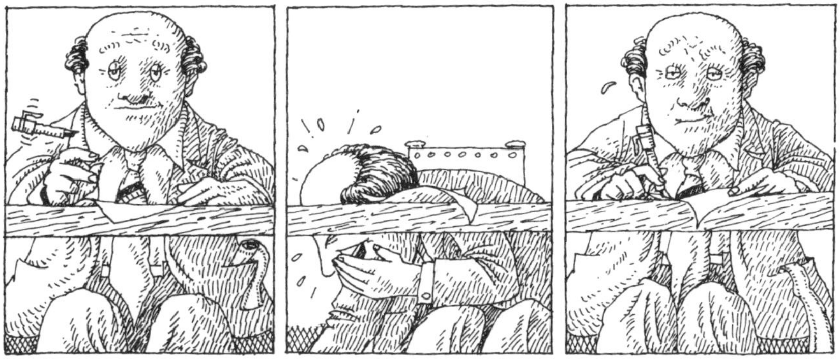

« Alors, dit-il, vous m'avez demandé si j'ai déjà soigné un patient ayant le bas du dos enflé ? Je vous réponds : oui, madame, bien sûr. Les gens ne viennent pas me voir pour ça, mais je peux vous assurer qu'il y en a des tas. Si c'est votre problème, ne vous inquiétez pas. Un peu d'exercice en viendra à bout. »

Mme Berryfield le regarda avec étonnement.

« De l'exercice ? Oh ! »

Elle pouffa.

« Je commence à comprendre pourquoi ma question vous a fait rire ! Mais vous n'y êtes pas, docteur. Il ne s'agit pas d'un arrière-train proéminent, il s'agit d'une blessure, d'une fracture peut-être, occasionnée par une chute de vélo.

— Une fracture ? Est-ce que ça fait très mal en marchant ?

— Je crois que oui.

— Comment ! Vous n'en êtes pas sûre ?

— Oh ! si, docteur ! Absolument sûre ! »

Pensif, le docteur frotta le capuchon de son stylo contre ses lèvres sèches.

« Je pourrais l'examiner ici même, dit-il enfin, mais il vaut mieux faire une radio. »

Il appuya sur un bouton de son téléphone.

« L'hôpital Winchester ? Docteur Potts à l'appareil. Voulez-vous envoyer une ambulance à mon cabinet pour prendre une patiente que l'on doit radiographier ?... Mme Dorothea Berryfield... B comme bleuet... Voilà. Apportez un fauteuil roulant. »

Puis il appela le service de radiographie.

« Potts à l'appareil. Je vous envoie une patiente qui a peut-être une fracture du coccyx.

— Elle s'est fracturé la queue », murmura Mme Berryfield.

Le docteur Potts mit vivement sa main sur l'écouteur et la regarda en fronçant les sourcils. Puis il raccrocha.

« Vous n'êtes pas spécialiste. Alors, vous pouvez dire qu'il s'agit d'un arrière-train proéminent, d'un bas du dos enflé, ou même d'une queue fracturée... enfin, tout ce que vous voudrez. Mais si moi, je m'exprime de cette manière, on va papoter dans les couloirs de l'hôpital : complètement piqué, ce vieux Potts !

— Mais les souris ont une queue, n'est-ce pas le terme exact, docteur ? » insista Mme Berryfield.

Le docteur Potts était en train d'écrire, mais à cette question, il s'arrêta et fixa le papier d'un air stupide. Pourquoi diable parlait-elle de souris ? Il leva les yeux sur elle.

« Bien sûr, c'est le terme exact. Si c'est une fracture du coccyx, il faut agir avec douceur. Donc, promettez-moi de ne pas poser de questions et de faire exactement ce qu'on vous dira à l'hôpital.

— Oui, je vous le promets, assura-t-elle. Mais croyez-vous qu'il faille un fauteuil roulant et une ambulance ?

— Oui, Mme Berryfield. Absolument. »

Le docteur Potts la regarda d'un air sévère.

Elle entendit le hurlement d'une sirène d'ambulance tout proche. C'était vraiment un grand soulagement pour elle de voir le docteur Potts prendre l'affaire avec autant de sérieux. Elle posa soigneusement la boîte à chaussures sur ses genoux, et bientôt deux ambulanciers arrivèrent avec un fauteuil roulant dans lequel elle se laissa docilement installer. Le docteur Potts lui tapota amicalement l'épaule.

« Bon courage », lui dit-il.

En passant la porte sur son fauteuil roulant, elle pensa à la souris. Elle se retourna et appela le docteur Potts.

« Vous avez été plein d'attention, docteur. La petite souris sera sûrement ravie de faire un voyage aussi agréable. »

Le docteur Potts se posta à la fenêtre jusqu'au départ de l'ambulance.

« Petite souris... *petite souris,* marmonnait-il. J'ai bien entendu petite souris... Et toute cette histoire de queue fracturée ! Je crois que c'est dans sa tête qu'il y a quelque chose de fracturé, la pauvre femme... »

Il téléphona au service de radiographie à l'hôpital.

« Encore Potts. Veillez bien sur Mme Berryfield. J'ai l'impression qu'elle se prend pour une souris. »

6

Eh bien, c'est à vous, madame Berryfield, dit Mlle Carpenter, l'infirmière, avec un sourire qui la mit aussitôt à l'aise. Nous avons reçu un coup de téléphone du docteur Potts et nous sommes prêts. Vous ne le croirez pas, mais ce sera la première fois que nous allons radiographier une souris. »

Pour Mme Berryfield aussi c'était une première fois, car elle n'était jamais allée au service de radiographie de l'hôpital. On la conduisit dans un long dédale de couloirs aux sols brillants, sur son fauteuil roulant, et elle se sentit réduite à l'état d'objet, comme une peluche traînée par un balai.

« Nous y voici, dit l'infirmière en entrant dans une salle. Maintenant, nous allons enlever vos habits et vous passer une robe. »

La robe s'avéra en fait être une espèce de blouse informe en mousseline, à manches courtes, sans boutons, fermée dans le dos par des rubans adhésifs, et qui avait vraiment une drôle d'allure.

« Pourquoi dois-je enfiler cela ? demanda Mme Berryfield.

— Ce sont les règles de l'hôpital, dit l'infirmière. Les boutons et les fermetures éclair gêneraient la radio. »

Mme Berryfield ne voyait pas en quoi ses boutons à elle gêneraient la radio de la souris, mais elle se rappela qu'elle avait promis de ne pas poser de questions.

« Je fais ça dans l'intérêt de notre protégée », se dit-elle.

Un homme vêtu et chaussé de blanc entra et la dévisagea avec curiosité.

« Une souris, hein ? dit-il.

— C'est exact, docteur. Elle s'est fracturé la queue.

— Eh bien, on a des surprises tous les jours, dans cet hôpital ! A propos, je ne suis pas docteur, seulement opérateur. Je m'appelle Fred. Maintenant, si vous venez ici... doucement, s'il vous plaît..., nous vous porterons sur la table. Vous pouvez laisser votre boîte sur la chaise. »

Mme Berryfield serra la boîte.

« Oh ! non, protesta-t-elle. Je la tiens jusqu'à ce que vous soyez prêts. »

Fred adressa un clin d'œil à l'infirmière.

« C'est bon, dit-il. Après tout, ça ne lui fera aucun mal de la garder. »

On monta Mme Berryfield avec précaution sur la table et on l'allongea sur le côté. Alors Fred fit bouger une grande caméra qui pendait du plafond et il la plaça directement au-dessus d'elle.

« Ça ne va pas, pensait Mme Berryfield, ils font

exactement comme s'ils se préparaient à me radiographier, *moi.* »

La boîte était à côté de sa tête, mais la caméra était braquée sur ses hanches, et pas du tout sur la boîte.

« Voilà, dit l'homme en blanc. Parfait. Maintenant, ne bougez plus ! »

Mme Berryfield se dit soudain : « Grands dieux ! Ils ne pensent quand même pas que c'est moi qui me suis fait une fracture ! »

« Attendez ! cria-t-elle. Attendez un instant ! Vous ne radiographiez pas la souris ? »

L'infirmière posa sa main ferme sur son épaule.

« Bien sûr, Mme Berryfield, dit-elle. Si *vous* restez calme deux minutes, nous aurons la radio de la *souris.* »

Mme Berryfield oublia que le docteur Potts lui avait demandé d'obéir. Elle bouillait de colère. L'infirmière l'avait traitée de... de souris ! C'était une insulte ! Elle se redressa sur la table, en tenant la boîte sous le bras, d'un geste protecteur.

« Ma petite dame, déclara-t-elle, je suis mère d'une fille de douze ans. Mon mari travaille dans l'équipement des terrains de jeux, et c'est un ingénieur respecté. Nous habitons Bel Air Park depuis douze ans et je suis membre influent des Filles de la Révolution Américaine. *Est-ce que vous trouvez que je ressemble à une souris ?* »

L'infirmière promena un regard alarmé de Mme Berryfield à Fred, et de Fred à Mme Berryfield.

« Eh bien, dit-elle, si vous n'êtes pas la souris, où est-elle, cette souris ? »

Mme Berryfield posa la boîte sur la table et fit glisser la ficelle qui l'entourait.

« La voici, dit-elle en soulevant le couvercle. Et la queue que vous êtes censés radiographier, c'est la sienne, pas la mienne. »

Fred désigna la boîte d'un index tremblant.

« Vous voulez dire... que vous avez une vraie souris là-dedans ? »

Il regarda prudemment à l'intérieur. Entre les plis de la vieille serviette, surgirent le nez et les moustaches de la souris, et deux petits yeux noirs en forme de perles se fixèrent sur lui.

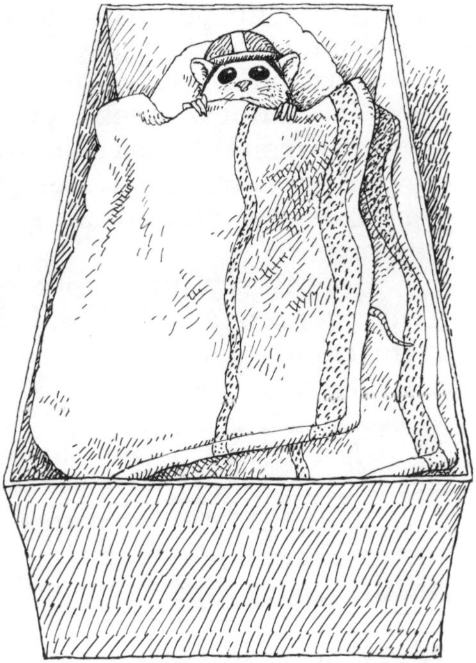

Fred recula.

« Ne la laissez pas sortir, supplia-t-il. Comment savez-vous qu'clle s'est fracturé la queue ?

— Un peu de bon sens, voyons ! railla Mme Berryfield. Il n'y a qu'à la regarder. Rien qu'à la façon dont elle marche, il est évident qu'elle souffre terriblement. Je vais la sortir de sa boîte pour vous montrer.

— Non ! Attendez ! s'écria l'infirmière. Est-ce qu'elle est apprivoisée ? Je sais que ça a l'air bête, mais j'ai une peur terrible des souris et des rats. Elle restera sur la table, au moins ? »

Mme Berryfield retourna lentement la boîte sur le côté, puis la souleva. La serviette chiffonnée glissa. On ne voyait plus le souriceau.

« Elle doit se cacher, dit Mme Berryfield. Apprivoisée ? Comment voulez-vous que je le sache ? En tout cas, avec sa queue cassée, elle ne va pas s'aventurer bien loin. »

Elle souleva la serviette et le souriceau apparut. Sa queue enflée gisait sur la table et son casque bleu, bien astiqué, étincelait au-dessus de ses petits yeux qui ne cillaient pas.

« Vous voyez ? » dit Mme Berryfield.

Mais Fred et l'infirmière avaient reculé dans un coin de la pièce. Octave leva les yeux sur l'énorme caméra avec ses bras articulés et son chariot. Puis, abaissant son regard, il aperçut son reflet sur le dessus lisse et noir de la table. Une pensée lui traversa l'esprit.

« Quelle belle piste pour rouler ! »

Ah ! la cruelle déception que de se retrouver là, avec la queue cassée et pas de vélo, lui, le champion de Merrimack County !

Qu'attendaient-ils de lui, tous ces gens ?

Il fit péniblement quelques pas vers Mme Berryfield, mais celle-ci était descendue de la table. L'homme en blanc lui chuchota :

« Laissez-la exactement où elle est. Je vais prendre une radio. »

L'homme disparut derrière une porte latérale et cria :

« Ne bougez plus ! Ne respirez plus ! »

On entendit un bref vrombissement, et Fred réapparut en souriant sur le seuil.

« Ça y est ! dit-il. Maintenant, si vous voulez bien la remettre dans sa boîte... »

Octave trouvait très humiliant d'être ainsi traité comme un objet.

Il regarda l'infirmière d'un regard suppliant. Jamais Mlle Carpenter, qui se tenait contre la grande porte du couloir, n'avait vu une souris l'implorer de la sorte. L'infirmière se demandait ce qui pouvait bien se passer dans la tête de cette petite bête.

Octave se tourna vers l'homme en blanc. L'aiderait-il, lui ? Mais lorsque Fred aperçut ces petits yeux noirs et perçants fixés sur lui, avec le casque bleu qui étincelait au-dessus, son sang ne fit qu'un tour.

« Je sors ! hoqueta-t-il. Cette souris me regarde ! Elle me regarde ! »

Pris de panique, il bouscula l'infirmière, ouvrit brusquement la porte et s'enfuit dans le couloir.

On l'entendait hurler :

« Il y a une souris sur la table avec un casque bleu sur la tête et une bosse sur la queue ! Et elle m'a regardé, moi ! Elle m'a regardé ! »

7

SILVESTER PYE était en train de ramasser les rouages en vrac éparpillés sur le comptoir et de les remettre dans le gobelet en carton, quand une horloge sonna deux heures dans son arrière-boutique.

Déjà deux heures ! Janet prit soudain conscience qu'elle avait quitté la maison depuis une heure et que le vélo n'était pas encore réparé, loin de là. Si elle n'avait pas été aussi pressée, cela l'aurait amusée de passer tout l'après-midi à observer M. Pye. Ce vieillard distrait était exactement l'oncle rêvé pour Harry. Mais à présent, elle n'avait plus qu'une idée en tête : qu'il se dépêche !

« Si cela vous gêne que cette roue ait des dents, disait-il de sa petite voix haut perchée, amenez-la chez Bangs. Bangs est votre homme. C'est un forgeron comme dans le bon vieux temps, exactement ce qu'il vous faut.

— Pour des roues de charrette, oui, objecta

Harry. Mais il s'agit d'une roue de vélo. Et regarde sa dimension !

— Elle est petite, mais c'est quand même une roue. Ne discute pas, Harry. C'est l'affaire de Bangs. Nous étions à l'école primaire ensemble, lui et moi.

— D'accord, tonton, dit Harry. Seulement faut se dépêcher ! Au train où nous allons, notre forgeron va partir de son travail avant notre arrivée. Et comment va-t-on le trouver ? »

M. Pye leva les bras au ciel.

« Oh ! fit-il, je ne saurais pas bien vous expliquer. C'est après... après... il vaut mieux que je vienne pour vous montrer ! »

Harry le regarda d'un air sceptique.

« Sur mon tandem ? J'ai déjà Janet sur la selle arrière.

— Alors, je me mettrai dans le grand panier, sur le guidon.

— Attention, tonton. Si tu t'embrouilles dans ton chemin comme tu t'embrouilles dans tes rouages, on tournera dans Merrimack County jusqu'à la nuit tombée.

— Ça ne peut pas durer toute la journée, chuchota Janet à Harry. La souris est peut-être déjà rentrée à la maison. Si je ne reviens pas avec son vélo avant le retour de papa, ce sera terrible. »

Guidés par M. Pye, ils rebroussèrent chemin jusqu'aux moulins déserts et au vieux pont de fer ; ils traversèrent des rues bordées par de grands arbres et par des maisons en bois, et prirent une route à grande circulation que Janet n'avait jamais vue de sa vie. Rien que des stations d'essence, des stands de hamburgers, des allées pour jouer aux boules et des tas de vieilles voitures.

Puis ils débouchèrent sur un chemin de traverse. Un fermier qui labourait son champ sur son tracteur leur adressa un signe d'amitié. Après cela, ils tournèrent de si nombreuses fois que Janet ne s'y reconnaissait plus.

Le vieil horloger, les jambes pendant du panier, leur disait sans cesse : « Par là !... A droite !... A gauche !... Tout droit ! » Quelquefois, aux croisements, il ne disait rien et semblait dormir, alors Harry devait le réveiller pour savoir où aller. Une fois, Janet reconnut une route qu'ils avaient déjà empruntée en sens inverse. Mais, au moment même où elle commençait à perdre tout espoir, M. Pye frappa sur le panier en montrant quelque chose du doigt.

« On y est ! Bangs, forgeron ! J'aurais juré qu'il était de l'autre côté de la route, mais c'est bien là ! Vous voyez ce tas de fers à cheval ? »

Il y avait en effet, devant la forge, un énorme tas de fers à cheval rouillés, en forme de pain de sucre. Au pied du tas, on voyait une plaque de fer sur laquelle était gravé : *Bangs, forgeron.*

A côté de la porte, un grand cheval marron, squelettique, mangeait du foin. Sur ses sabots étaient peints des chiffres noirs : 1 et 2 devant, 3 et 4 derrière. Au cou de l'animal pendait un panneau sur lequel était écrit : *Echantillons.*

De l'autre côté de la porte, trônait une enclume toute martelée, couverte de rouille car elle ne servait plus depuis longtemps. A son sommet était soudé un énorme marteau. Comme si, la dernière fois que le forgeron l'avait utilisée, il avait frappé si fort que le marteau y était resté collé.

Un homme court et trapu, revêtu d'un long tablier en cuir, sortit de la forge en clignant des yeux à cause du soleil. Le haut de son crâne était chauve et rouge comme un grain de raisin, mais les sourcils abondants comme deux buissons blancs au-dessus de ses yeux louches compensaient largement cette calvitie.

« Décrochez-moi ce marteau, et je ferre votre cheval pour rien ! » s'écria-t-il.

Puis il désigna l'animal près de la porte.

« Voici Sam, mon cheval démonstration. Quatre formes de fers, faites votre choix. Sam en porte un de chaque.

— Du calme, Bangs, coupa Silvester Pye. On ne t'a pas apporté de cheval à ferrer, mais une roue de vélo pour que tu lui arraches les dents. »

Le vieil horloger se pencha par-dessus le panier et regarda la roue avant puis la roue arrière du tandem.

« Laquelle est-ce, Harry ? Tu n'as pas dit que l'une d'elles avait des dents ?

— Tu déraillés, tonton. Tu mélanges les vélos ! Encore une étourderie, monsieur Bangs. C'est pas ce vélo, mais un autre. Il appartient à une ... amie de cette demoiselle. La roue avant s'est écrasée. Elle a une drôle de dimension, mais on a trouvé dans la boutique de tonton une roue qui devrait marcher, et si on pouvait la débarrasser de ses dents... Montre-lui, Janet. »

Quand Bangs vit la roue, il n'ouvrit pas la bouche, mais l'un de ses sourcils broussailleux descendit tandis que l'autre remonta. Puis lorsque Janet déballa le vélo, Bangs chancela et faillit basculer par-dessus l'enclume.

« Peste ! marmonna-t-il. Qui vous a dit de confier ça à mes grosses pattes ? Je parie que c'est toi, Silvester Pye. Tu devrais savoir que je ne peux pas faire un travail aussi minutieux. Si vous voulez mon avis, mademoiselle, pour arracher les dents de cette roue, allez donc chez un dentiste. Mon gendre pourrait vous le faire, c'est un dentiste, et un bon. Oui messieurs, oui mademoiselle, si vous apportez votre vélo à Peter Norton, vous ne le regretterez pas !

— Est-ce qu'il arrangera la roue lui-même ? demanda Janet. Il ne va pas encore nous envoyer à quelqu'un d'autre ? Si nous nous trimbalons comme ça d'un endroit à un autre, nous y passerons tout l'après-midi, et... »

Elle regarda Harry d'un air anxieux.

« Que se passera-t-il si nous nous perdons en y allant ?

— Ne vous inquiétez pas, mademoiselle, dit Bangs, vous ne vous perdrez pas. Sam et moi, nous allons vous guider. »

Quand ils se mirent en route, Janet reprit courage. Bangs, sur le dos de Sam, était en tête du cortège, suivi du tandem, avec Harry et Janet qui pédalaient, et Silvester Pye toujours dans le panier.

Mais il n'y avait pas cheval plus insouciant que Sam. Il marchait d'un pas tranquille et pesant, et n'avait nullement l'ambition d'avancer plus vite. Harry cria au forgeron :

« Eh, monsieur Bangs ! Si votre cheval allait au trot, pour changer ?

— Non, répondit Bangs en secouant la tête. Sam va toujours au pas quand il porte les fers-échantillons. Vous feriez pareil si vous aviez quatre pieds chaussés de quatre souliers différents ! »

Quand ils arrivèrent au cabinet du dentiste, Sam semblait frais comme une rose, tandis que

Janet se sentait aussi épuisée que si elle avait couru un 1 500 mètres. L'horloge de la salle d'attente marquait quatre heures dix. Il y avait plus de trois heures qu'elle avait quitté la maison pour faire réparer la roue, et toujours aucun résultat ! Par chance, il n'y avait personne dans la salle d'attente.

Presque aussitôt, la porte du cabinet s'ouvrit, et le dentiste en personne apparut, ses lunettes à la main, pour voir qui était là. Ses habits semblaient sortir de la blanchisserie. Il portait une veste bleu pâle, un pantalon gris serré aux chevilles par des élastiques, et des chaussures de sport.

« Papa Bangs ! s'exclama-t-il, le visage illuminé de joie. Vous m'amenez des clients ?

— Eh bien, en quelque sorte, dit le forgeron. Mon vieux camarade de classe, Silvester Pye, et des amis à lui. »

M. Norton vit que l'horloger lorgnait avec curiosité les élastiques aux revers de son pantalon.

« Je les retrousse comme ça, expliqua-t-il, pour ne pas marcher dessus quand je trotte. Vous n'imaginez pas comme mes pieds s'engourdissent à force de rester debout toute la journée, à côté de mon fauteuil de dentiste. Alors, je trotte entre les patients pour les réveiller. Mes pieds, pas les patients. Je trotte tout le temps ! Quand je ne trotte pas entre deux patients, c'est que je trotte sur leurs dents !

— Sur leurs dents ! » s'écria Harry.

Il passa sa main sur sa mâchoire et poussa un grognement :

« Par les dents de sagesse de ma vieille tante Alice, vous pouvez toujours courir pour que je vous laisse trotter sur les miennes ! »

Janet chercha dans sa poche la roue de la souris.

« A propos de dents... » commença-t-elle.

M. Norton lui sourit.

« Oui, dit-il en remettant ses lunettes. Je suppose que c'est la raison de votre visite. Lequel d'entre vous est le patient ? »

Janet lui tendit la roue dentée.

« Voilà, dit-elle. Nous voulons...

— Chut ! fit M. Norton en mettant un doigt devant sa bouche. D'abord, je dois l'examiner. »

Il amena la roue jusqu'à la fenêtre, et l'examina des deux côtés avec un miroir grossissant.

« Ne me bousculez pas, dit-il. Je dois m'assurer que j'ai bien tout regardé. »

Après avoir examiné les dents une à une, il se retourna vers Janet.

« C'est drôle. Entre nous, je ne vois rien qui cloche. Toutes les dents semblent être bien à leur place, régulièrement espacées, solides et saines. Qu'y a-t-il, papa Bangs ? Vous souriez comme un cheval. C'est encore un de vos tours ? Comme ce marteau sur votre enclume ?

— Mon Dieu, non ! intervint Bangs. Expliquez-lui, mademoiselle, expliquez à M. Norton ce que vous voulez qu'il fasse à ces dents !

— Enlevez-les, dit Janet. Lissez bien les bords pour que le vélo ne fasse pas tagada, tagada !

— Pour que le vélo ne fasse pas tagada, tagada ? Où diable est le rapport entre cette roue et un vélo ? »

Il fallut au moins une heure d'explication pour que le dentiste arrive à croire à l'accident de la souris dans la baignoire des Berryfield, et pour qu'il arrache les dents de la roue. Janet commençait à désespérer.

« Partons, supplia-t-elle. De retour à la maison, nous devons encore mettre un pneu à cette roue et la remonter sur le vélo. »

Mais au dernier moment, alors que Bangs était déjà sur Sam et que Harry, Janet et Silvester Pye étaient sur le tandem, prêts à repartir, M. Norton se précipita vers eux.

« Dites, cette souris sur son vélo, il faut absolument que vous m'emmeniez la voir.

— On n'a pas de place, dit Harry. On est déjà trois sur mon engin !

— Et si Sam prend un autre passager, il s'écroulera, ajouta Bangs.

— Il n'en est pas question, dit M. Norton. Je peux trotter derrière vous. »

Et c'est ainsi qu'ils repartirent, Sam en tête, le tandem avec ses trois passagers brinquebalant derrière lui, et en fin de cortège le dentiste, qui trottait très lentement pour ne pas dépasser les autres...

« S'il vous plaît, monsieur Bangs, criait Janet, faites presser Sam. Il faut être à la maison avant le retour de papa. Il le faut absolument ! »

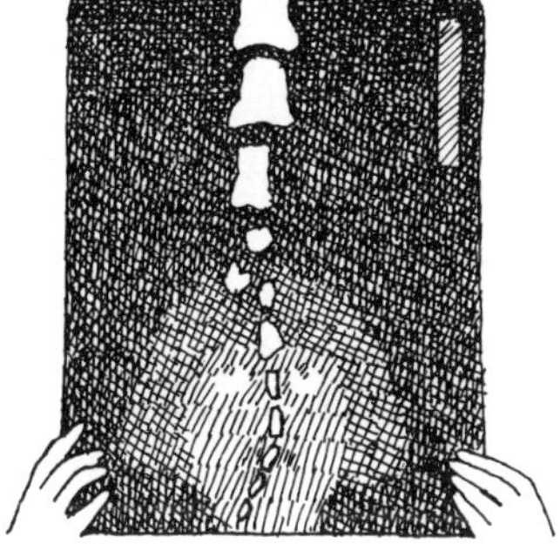

8

Las, affamé et dégoûté, Octave s'était tapi en haut de l'appareil de radio, près du plafond. Il regarda en bas. Personne.

« Ils se sont tous sauvés comme des mouches, pensa-t-il. Ce Fred qui hurlait dans le couloir parce que je l'avais simplement regardé, et ma Mme Berryfield qui le poursuivait pour le faire taire ! Quant à l'infirmière, je ne sais pas où elle est passée. Je me demande lequel va revenir le premier. »

En l'occurrence, la première personne qui fit son apparition fut une femme mince en blouse blanche, portant une grande enveloppe marron. Elle appela Fred. Pas de réponse. Octave l'observait sans bouger.

« Fred ! Au diable cet homme ! Il devrait être ici ! »

Elle sortit une radio de l'enveloppe, l'éleva à la lumière et l'examina un moment d'un œil expert.

Puis elle la glissa à nouveau dans l'enveloppe et regarda ce qui était écrit dans le coin.

« *Mme Berryfield, Dorothea... Docteur Potts.* Bon ! si c'est une patiente de Potts, ça explique tout. »

En bas de l'enveloppe, elle lut : *Radio du coccyx.* Elle ressortit la radiographie.

« Le coccyx ! Mais ce Potts est piqué ! Rien à voir avec le coccyx. C'est tout bonnement une queue ! Et en plus, il y a un lérot ou un animal dans ce genre au bout de cette queue ! »

Elle décrocha le téléphone mural et appela le bureau d'accueil.

« Est-ce que le docteur Potts est arrivé ? Déjà ? Voulez-vous aller le chercher et lui dire qu'on le demande au service radio ? »

Au bout de quelques minutes, le docteur Potts arriva dans la salle, tout essoufflé.

« La radio de Mme Berryfield est mauvaise ? Est-ce pour cela que vous m'avez fait appeler, docteur Waverly ? »

La femme à la blouse blanche le regardait sévèrement.

« Très mauvaise, dit-elle. Depuis quand, docteur Potts, utilisez-vous les équipements de cet hôpital pour des animaux ?

— Des animaux ? »

Elle lui tendit l'enveloppe.

« Des lérots ! Voilà une radio qui est censée être celle de Dorothea Berryfield. Mais il semble que cette Dorothea-là soit en fait un lérot. »

« Elle commence à m'échauffer le bout des oreilles, cette Waverly, en me prenant pour un lérot ! songeait Octave. Je lui en ferai voir, moi, des lérots ! »

Mais en bas, le docteur Potts riait.

« Vous plaisantez, dit-il. Mme Berryfield est peut-être une souris, mais pas un lérot ! »

Le docteur Waverly n'avait pas du tout l'air de s'amuser. Elle regarda le docteur Potts avec une sévérité accrue. Il tressaillit, sortit la radio de l'enveloppe, l'approcha de la lumière, fronça les sourcils, tourna la radio à droite, à gauche, à l'envers, à l'endroit, et au fur et à mesure il devenait écarlate.

« Mme Berryfield, Dorothea, marmonna-t-il. Absurde. Il doit y avoir une erreur !

— Ça m'étonnerait, dit le docteur Waverly. Depuis huit ans que je suis radiologue, Fred ne s'est jamais trompé en marquant le nom d'un patient sur une radio. Bien sûr, c'est un paquet de nerfs, mais étourdi, jamais. »

Elle jeta un coup d'œil dans le couloir.

« Le voici qui arrive. Fred, nous vous cherchions. Avez-vous radiographié un lérot, aujourd'hui ? Que se passe-t-il ? Vous êtes blanc comme un linge. »

L'opérateur restait sur le seuil, et inspectait la salle du regard.

« Un lérot, non, dit-il. Mais une souris, oui. A deux heures. Elle est classée au nom de Berryfield. Où est-elle allée ?

— Ne vous inquiétez pas pour la souris. Qui a ordonné ces radios ? »

Fred regarda le docteur Potts, comme pour s'excuser.

« Lui. Mais il faut que nous retrouvions cette souris. Elle est sûrement encore quelque part dans cette pièce. Mlle Carpenter déteste les souris, et dit qu'elle ne travaillera pas tant que la souris sera là. »

Tout en parlant, Fred était entré, mais il restait près de la porte.

« Moi-même, je ne peux pas dire que je les adore. Nous avons arrêté le travail depuis deux heures. »

Le docteur Waverly regarda le docteur Potts d'un air désapprobateur.

« Dehors, dit-elle, il y a six patients, dont trois personnes âgées, qui attendent pour se faire radiographier. C'est à cause de cette souris, *votre souris,* qu'ils attendent. »

« Ridicule, pensait Octave. Je ne suis la souris de personne. Je n'appartiens qu'à moi. »

Il se redressa fièrement, en dépit des horribles élancements que cette position lui causait. A ce moment, Fred, l'opérateur, l'aperçut.

« La voilà ! s'écria-t-il. Regardez-la ! Oh, mon Dieu ! Elle va abîmer cette belle caméra ! »

Le docteur Waverly lui dit sèchement :

« Remettez-vous, Fred. Ça ne sert à rien de crier. De plus, voici quelqu'un. »

C'était le directeur de l'hôpital, suivi du concierge, qui portait une échelle, de Mlle Carpenter, l'infirmière, et de Mme Berryfield. Il entra, l'air important, rond et fier comme un dindon.

« Bien, dit-il, où est-elle ? Une petite peste de souris ne va pas mettre cet hôpital sens dessus dessous. Fred, docteur Waverly, docteur Potts, où est-elle ? ».

« Une petite peste ! C'est ainsi qu'il appelle le champion de Merrimack County ! » songeait Octave avec un reniflement de colère.

Il agita sa tête casquée, comme pour dire aux gens d'en bas : « Je suis là ! Attrapez-moi ! »

Le concierge posa son échelle double près des appareils de radio.

« C'est une bonne idée, dit Fred. Si vous montez un ou deux barreaux, elle sautera sur la table. Elle ne peut aller nulle part ailleurs. »

« Vraiment ? pensa Octave. Est-ce que ce Fred me prend pour la souris verte qui courait dans l'herbe ? »

Ses petits yeux en forme de perles restaient fixés sur le concierge qui montait à l'échelle. Il était temps de déguerpir. Il sauta droit sur les cheveux ras et raides de l'homme.

Celui-ci agrippa d'une main l'échelle et de l'autre son cuir chevelu. Mais Octave avait déjà filé. Il courait le long du câble électrique de la caméra, et avant que le concierge ait pu déplacer l'échelle pour l'atteindre, il se trouvait sur les rails du chariot, tout en haut.

Maintenant, il avait l'impression qu'on lui avait noué la queue autour d'un tuyau brûlant. Il aurait voulu s'étendre pour hurler. Seulement, il était Octave, le champion de Merrimack County, et il ne pouvait pas se le permettre. Il serra donc les dents, sans laisser échapper la moindre plainte.

Il se blottit sur les rails, attendant la suite.

Ils essayèrent toutes sortes de tours pour le déloger. Lorsqu'ils firent rouler le chariot sur les rails, Octave sauta simplement dessus et se laissa promener.

Ils brandirent des balais à franges en lui criant : « Hou ! »... En vain.

Le directeur claqua des doigts.

« J'ai une idée ! On va l'attirer avec de la nourriture ! »

Il commanda à la cuisine une part de tarte aux pommes avec un morceau de fromage dessus, et l'instant d'après, la diététicienne de l'hôpital en personne l'apportait, toute chaude et fumante, sous une cloche en métal. Le concierge alla chercher une longue perche, munie de doigts en caoutchouc, qui servait à dévisser les ampoules grillées du plafond dans la salle d'héliothérapie. Il posa la tarte en équilibre sur les doigts de caoutchouc, puis, très lentement, il souleva la perche jusqu'à ce que le bord du plat atteigne les rails sur lesquels se tenait Octave.

La tarte sentait délicieusement bon et le fromage semblait sorti tout droit d'un rêve de souriceau. Mais Octave ne bougea pas.

« Croit-il, songeait-il avec mépris, que je sois assez simple d'esprit pour me laisser avoir avec une tarte aux pommes, en plein jour ? »

Cinq minutes plus tard, ils avaient tous le torticolis, à force de regarder en l'air, et le concierge avait des crampes dans les bras. Il abaissa l'assiette, l'enleva de la perche, la renifla et secoua la tête.

« Pas étonnant ! dit-il. La tarte n'est pas fraîche.

— C'est absurde ! coupa la diététicienne en remettant bruyamment la cloche métallique sur le plat. La tarte de l'hôpital est excellente. Cette souris n'a pas faim, un point c'est tout ! »

Le directeur grommela qu'on avait déjà assez

d'ennuis pour ne pas en rajouter avec cette tarte. Il se tourna vers le docteur Potts.

« Eh bien, Potts, je crois comprendre que c'est une de vos patientes qui se trouve là-haut. J'espère qu'elle est riche, car quelqu'un va devoir payer une note monstrueuse pour avoir mobilisé le service de radio tout l'après-midi.

— C'est peut-être ma patiente, dit le docteur Potts, mais c'est la souris de Mme Berryfield. Qu'en pense-t-elle ? »

« Je ne suis pas sa souris, marmonnait Octave. C'est elle qui est à moi. Mais je suis content qu'on lui demande son avis. Elle a quelquefois du bon sens. »

Jusque-là, Mme Berryfield avait observé la scène en restant sur le seuil, où elle se trouvait avec l'infirmière. Elle avait vu comment la souris réagissait à leurs tentatives. Aussi, quand ils se tournèrent vers elle, elle avait déjà une solution.

« Mettez-vous à sa place, dit-elle. Elle est courageuse, mais elle a sa fierté. Je crois que nous devrions poser cette boîte à chaussures sur la table de radio, avec la tarte aux pommes à l'intérieur ; puis éteindre les lumières et quitter la pièce. Essayons, pour voir ce qui se passera. »

Octave sourit. Mme Berryfield n'était pas une souris mais elle savait ce qu'on ressent et ce qu'on pense lorsqu'on en est une. C'était l'essentiel. Peut-être qu'elle aussi avait eu l'eau à la bouche à la vue de la tarte aux pommes...

Octave ferma les yeux et pensa à la tarte. Il en avait terriblement envie. Il imaginait le goût qu'elle devait avoir, et surtout, il imaginait ses dents grignotant le fromage : un énorme, un magnifique morceau de fromage, plus grand que les timbres-poste sur le bureau de M. Berryfield, et aussi épais que le dessous de plat de Mme Berryfield.

Une minute plus tard, il ouvrait les yeux et... vive Dorothea Berryfield ! La tarte était dans la boîte ouverte, sur la table de radio, au-dessous de lui, et tout le monde avait quitté la pièce.

9

POUR Octave, l'heure qui suivit fut à la fois un cauchemar et un beau rêve.

Descendre du chariot aurait été assez facile s'il n'y avait pas eu sa queue. Il avait beau serrer les dents, et se rappeler qu'il était le champion de Merrimack County, elle lui faisait horriblement mal.

Mais ensuite, quelle récompense !

En attendant que sa douleur disparaisse, il s'étendit sur la tarte aux pommes, le nez touchant presque le fromage. Son odeur délicieuse lui chatouillait les naseaux. Ah ! quel moment d'extase indicible...

Une fois sa douleur disparue, Octave se saisit du morceau de fromage comme un marin s'accroche à une épave. Et il n'était guère d'humeur à pignocher ou à grignoter... Il s'empiffra comme un goinfre ! Jamais de sa vie il n'avait eu autant de nourriture pour lui tout seul. De plus, il mourait de faim car pas mal d'heures s'étaient écoulées depuis son petit déjeuner, quatre misérables miettes de gâteaux secs sous le frigidaire des Berryfield !

Quand Mme Berryfield se faufila dans la pièce obscure et glissa le couvercle sur la boîte, Octave le remarqua à peine, tant il était affairé ! Il sentit qu'on emportait la boîte et, pendant un moment, il entendit vrombir le moteur d'une voiture.

De temps à autre un murmure de voix lui parvenait, mais il était trop occupé à manger pour leur prêter attention. Le docteur Potts dit à Mme Berryfield que la queue n'était pas fracturée, seulement déboîtée, et qu'elle pourrait être maintenue avec une attelle, une fois remise en place. Mme Berryfield signala au docteur que le bandage ne devrait pas gêner la souris pour rouler à vélo.

« Ah ? fit le docteur. Alors, dites-moi, où met-elle sa queue quand elle roule ? Dans sa poche ?

— Non, la seule fois où je l'ai vue rouler, elle l'avait accrochée à son épaule. Les souris n'ont pas de poches.

— Pas de poches ? Alors, leur pantalon ne leur sert à rien !

— Mais, docteur, elles ne portent pas de pantalon !

— Elles en porteraient si elles comprenaient l'importance des poches. Si cette étourdie de souris avait mis sa queue dans sa poche au lieu de l'accrocher bêtement sur son épaule, peut-être qu'elle ne se la serait jamais déboîtée. »

Dans sa boîte obscure, Octave se demandait de quoi il aurait l'air en pantalon. Est-ce que cela le gênerait pour faire du vélo ?

« Maman pourrait me fabriquer un pantalon

spécial pour le vélo, avec une poche pour la queue. »

Il ne restait plus rien du fromage. Octave s'arrêta pour regarder la tarte. Une part entière, pour lui tout seul ! La chance de sa vie ! Rassasié ou affamé, il fallait être fou pour ne pas y goûter.

Octave grignota quelques miettes, et à dire vrai, largement repu, il eut vite envie de dormir. Il s'allongea dans un repli moelleux de la serviette. Lorsque dans son bureau, le docteur Potts souleva le couvercle avec précaution, Octave dormait profondément et ronflait comme seuls ronflent les souriceaux bien nourris.

Les mains expertes du docteur réussirent à le sortir de la boîte et à remettre en place l'os de la queue sans qu'Octave se réveille.

Le champion rêvait qu'il s'était coincé la queue dans la même souricière que son grand-père. Cela lui faisait horriblement mal. Sa petite sœur, Zoé, dansait autour de lui et le désignait du doigt en chantant : « Regardez cet idiot de Tatave ! Regardez cet idiot de Tatave ! » Il donnait de violents coups de pattes dans la souricière sans parvenir à se libérer.

Mme Berryfield et le docteur remarquèrent que l'une de ses pattes de derrière s'était légèrement contractée. Ce fut tout ce qu'ils surent du rêve.

« Quel courage ! murmura Mme Berryfield. Elle n'a même pas gémi.

— Certes, certes, dit le docteur Potts, dommage qu'à la faculté de médecine, on ne nous ait jamais appris à mettre une attelle à une queue déboîtée. Ça risque de ne pas être très joli. »

Lorsque Octave se réveilla, il se retrouva étendu sur une table blanche. Sa queue endolorie pendait comme l'ancre d'un navire. Enserrée dans des bandelettes adhésives, elle était terriblement lourde. Le docteur Potts avait terminé son pansement par un beau nœud rouge pour lui donner un air de fête, mais cela lui faisait mal, comme une pince à linge.

Octave sentit le cœur lui manquer lorsqu'il se souvint du championnat régional de vélo. Comment pourrait-il concourir dans trois jours avec un handicap pareil ?

Mme Berryfield aussi était contrariée. Elle n'avait rien dit, mais le docteur Potts le vit sur son visage.

« Le pansement ne va pas ? demanda-t-il.

— Elle ne va jamais pouvoir rouler avec ça, dit-elle.

— Vous avez raison, admit-il. Voulez-vous lui parler, ou lui chanter quelque chose ? Pendant ce temps, j'enlèverai ce bandage ridicule et je lui en ferai un autre. »

Mme Berryfield s'assit sur un tabouret bas, le menton appuyé sur le coin de la table où se trouvait Octave.

Pendant que le docteur Potts refaisait le pansement, Mme Berryfield raconta des histoires, le genre d'histoires qui, pensait-elle, devait réjouir une jeune souris : des histoires de festins dans des bols de sucre, de pique-niques dans des sacs de pommes de terre, et de courses cyclistes dans des baignoires.

Quand elle fut à court d'imagination, elle se mit à chanter des chansons comme *la Fille de Londres, Johnny Palmer,* et *la Fiancée du pirate.* Elle n'était pas sûre de la façon dont réagirait la souris à la chanson *C'est le p'tit bout d'la queue du chat :* aussi,

elle se contenta de fredonner l'air, comme si elle avait oublié les paroles.

A un moment, elle entendit le docteur étouffer un rire et elle lui demanda ce qui l'amusait.

« Je n'aurais jamais songé, répondit-il, que je verrais un jour la sérieuse Dorothea Berryfield chanter des chansons à une souris !

— Aucune importance ! lui dit-elle. Continuez votre travail. Il doit déjà être trois ou quatre heures.

— Mon Dieu, non ! Il est déjà presque cinq heures ! Je n'ai pas vu l'après-midi passer ! »

10

SAM, le cheval, ne se pressait guère. Les cris, les supplications et les tapes sur la croupe, rien n'y fit.

« Inutile d'insister, dit Harry, dégoûté, assez fort pour que le cheval entende. Cette vieille carne doit avoir été élevée chez les tortues. »

Finalement la procession, grimpant péniblement la côte qui menait à Bel Air Park, arriva à la maison des Berryfield. Janet vit que sa mère n'était pas encore rentrée parce qu'il y avait deux livreurs devant la porte, avec des paquets.

Pendant que le forgeron attachait Sam au sycomore, Janet courut vers eux.

« Berryfield, c'est bien ici ? dit l'un des livreurs. Nous étions sur le point de partir. Signez ici, s'il vous plaît. »

Il lui tendit un reçu jaune et le plus petit crayon qu'elle ait jamais tenu dans sa main.

« Que se passe-t-il ? ajouta-t-il. Vous devez être envahis. »

Janet le regarda sans comprendre.

« C'est moi qui ai répondu quand votre père a téléphoné, expliqua le livreur. Il m'a dit : Apportez-moi toutes les souricières que vous avez. J'ai répondu : Toutes celles que j'ai ? Vous êtes sûr ? J'en ai à peu près six douzaines. Six quoi ? a demandé votre père. Oui, il nous en faut au moins six ! J'ai dit : Alors, vous les voulez toutes ? Ça avait l'air dingue, mais... »

Le livreur tendit un carton à Janet.

« Les voici. Six douzaines en tout. »

Janet lut l'étiquette et frissonna : « Soixante-douze souricières. Résultat garanti. »

Le deuxième livreur s'impatientait.

« Vous avez aussi besoin de ça ! »

Il lui fourra un cabas entre les mains.

« Sans ça, une souricière ne sert à rien. Et soixante-douze fois rien, ça fait toujours rien ! »

Janet signa le reçu et regarda à l'intérieur du cabas. Du fromage ! Un énorme morceau de fromage !

« Vous allez passer la moitié de la nuit à poser des souricières ! fit le premier livreur en riant. Je plains les souris ! »

Harry entoura de son bras les épaules de Janet.

« Viens, dit-il. Tu en fais, une tête ! Si elle s'allonge encore un peu plus, papa Bangs va te confondre avec son cheval. Allez, on entre ! »

Ce ne fut guère facile de fixer la chambre à air et le pneu sur la roue.

« Maintenant, dit Silvester Pye, il faut gonfler le pneu.

— Le gonfler ! s'exclama Janet. Bien sûr ! Mais où trouver une pompe pour ce vélo ?

— Et voilà, c'est reparti ! grommela Harry. Je veux bien qu'on graisse mon changement de vitesse avec du chewing-gum, Janet Berryfield, si ta souris mérite tout le mal qu'on se donne ! »

Janet regarda la bicyclette, cherchant une idée. Une pompe à vélo ? Pouvait-on utiliser la poire du klaxon fixée au guidon ?

« Excellente idée, Janet ! dit M. Norton, le dentiste. Je me sers d'instruments semblables tous les jours, dans mon travail. »

Il appuya vivement sur la poire, trois fois. Harry tâta le pneu.

« Arrêtez ! cria-t-il. Un coup de plus et il éclatait ! »

Dong !

Tous bondirent. L'horloge du couloir carillonnait. Dong ! Dong ! Dong ! Dong ! Dong !

« Six heures ! s'écria Janet. Et j'entends une voiture ! »

Elle regarda autour d'elle, l'air affolé.

« Trop tard pour partir ! Cachez-vous. »

Bangs et M. Norton sautèrent derrière un divan. Harry disparut derrière la porte. Janet fourra le vélo dans sa poche. Quand, du couloir, surgit soudain la tête blanche de Silvester Pye.

« Dieu me bénisse ! haletait-il. J'ai eu si peur que ça m'a fait perdre la tête. Votre horloge...

— Vite ! dit Janet. Entrez là et cachez-vous ! Il est six heures. »

Le vieil horloger ne bougea pas.

« Mais non, mademoiselle Janet. Votre horloge n'est pas à l'heure. Je l'ai ouverte pour voir pourquoi elle avançait d'une demi-heure. Et je... »

Il se mit les mains sur les oreilles.

« Je ne m'attendais pas à ce qu'elle se mette à sonner.

— Alors, ce n'est pas la voiture de papa que j'ai entendue ! »

Janet se dirigea vers la fenêtre et regarda au-dehors. Harry abandonna sa cachette.

« Pour l'amour de Dieu, tonton ! Un de ces jours, tu vas tout faire sauter ! Viens ici. Mets tes mains dans tes poches, et reste dans cette pièce, qu'on t'ait à l'œil. »

Dans la confusion, personne n'avait entendu la porte d'entrée s'ouvrir. Le forgeron et le dentiste se relevaient de derrière le divan, lorsque Mme Berryfield apparut sur le seuil, tenant la précieuse boîte à chaussures et suivie du docteur Potts.

D'un air étonné, elle fixa Bangs et M. Norton, puis Harry et Sylvester Pye, et à nouveau Bangs et M. Norton, tournant la tête en tous sens, comme une girouette.

Janet courut l'embrasser.

« Maman ! Enfin ! Est-ce que... elle va bien ?

— Oui, à moins que tu ne la fasses tomber de mes mains. Mais Janet... qui sont tous ces gens ? Attendent-ils pour voir papa ?

— Pour voir papa ? Oh ! non. Ils se sont cachés pour ne pas le voir. Enfin, je veux dire que, comme ça, lui ne les verra pas. Maman, est-ce qu'elle pourra refaire du vélo ? Maman, tu m'écoutes ? »

Le docteur Potts intervint :

« Je lui ai mis une attelle, Janet. Ça devrait marcher, mais impossible d'en être sûr tant que je ne l'ai pas vue sur son vélo. C'est pour ça que je suis ici !

— Il est tard, dit Janet. En tout cas... »

Elle regarda Silvester Pye.

« ... en tout cas, il me semble. »

M. Pye sortit de sa poche une grosse montre en argent et l'ouvrit brusquement.

« Cinq heures et demie, dit-il.

— Si elle marche, marmonna Bangs.

— Et si les rouages ne sont pas trop emmêlés », ajouta Harry.

Mme Berryfield leur jeta un regard inquiet.

« Janet, ma chérie, explique-moi : qui sont ces gens ? »

Lorsque Janet eut expliqué rapidement le rôle que chacun avait joué dans la réparation du vélo, sa mère sourit faiblement.

« Oh ! je vois, dit-elle. Vous avez tous aidé. Un réparateur de vélos, oui, bien sûr, et un horloger, et un... un forgeron, et un dentiste ! »

Eberluée, elle se tourna vers Janet :

« Et ils sont ici pour se cacher de Papa ?

— Bien sûr que non, madame, protesta Bangs.

Nous sommes venus voir cette fameuse souris faire du vélo. Comme ce monsieur qui est venu avec vous. »

Il fit un signe de la tête vers le docteur Potts.

« Ne perdons pas de temps, dit Janet. Il ne nous reste même plus une demi-heure ! »

11

« REGARDEZ ! s'écria Mme Berryfield. Comme elle tient la tête droite ! Vous avez vu ces jolis poils bouclés sur son poitrail ? Et sa queue ! »

Octave sortait de sa boîte et marchait sur le sol de la salle de bains. Il était un peu agacé qu'on le complimente de la sorte, presque sous son nez. Mais en même temps, cela lui faisait grand plaisir.

« La voilà qui recommence à parler comme ma mère, pensait-il. Il faut dire que... à voir la façon dont le docteur me fixe, je dois avoir l'air assez bizarre ! »

Il avait toujours envié les castors que l'on voyait dans les illustrations de son livre de sociologie. Il aurait souhaité avoir comme eux une large queue en raquette, au lieu d'un petit fouet maigrichon. Mais à présent, avec ce pansement qu'on venait de lui faire, il ressemblait étonnamment à un castor.

Le docteur Potts avait placé la queue déboîtée en sandwich entre deux brindilles fines et plates, et il avait enveloppé le tout de ruban adhésif. La queue ainsi pansée était aussi large et raide qu'une rame de canoë.

Le nouveau pansement était plus léger que le précédent, mais quand même encombrant, et Mme Berryfield s'était inquiétée de savoir si la souris pourrait le traîner.

« Je sais ce qu'il faut, avait dit le docteur Potts avec un petit rire. Un pêcheur comme moi connaît la solution. Nous allons accrocher sa queue à une canne à pêche. »

Il avait enlevé la cocarde rouge du casque d'Octave et mis à sa place une baguette de bois flexible, plus fine qu'un cure-dent et un tout petit peu plus longue que la souris.

« Voilà sa canne à pêche ! Maintenant, une ligne et un hameçon. »

Il avait attaché un fil de nylon au bout de la canne à pêche et fixé un petit hameçon de fer. Le fil était juste assez long, et quand il avait placé l'hameçon sous le pansement, la canne s'était détendue comme un ressort en soulevant la queue.

« Comme s'il avait un poisson à l'hameçon ! s'était exclamée Mme Berryfield.

— Ou comme s'il avait lancé la ligne par-dessus sa tête et attrapé le fond de son pantalon ! avait dit le docteur Potts en riant. Comme je faisais quand j'étais petit, et je l'ai fait plus d'une fois. J'espère seulement que la mentonnière est assez solide. Si elle casse et que son casque tombe, je n'ose imaginer ce que sa queue deviendra ! »

En marchant dans la salle de bains, Octave se souvenait de cette conversation sur la mentonnière qui maintenait la tête droite. Si c'était à cause de cela qu'ils le trouvaient beau, il était évident qu'il n'y pouvait rien. Sa queue de castor tirait sur la ligne, la ligne sur la canne, et la canne tirait tellement sur le casque qu'elle le soulevait. Et bien sûr, la mentonnière qui faisait tenir l'ensemble tirait sur son menton.

« Donc, ma queue est suspendue à mon menton ! se dit-il avec un petit rire. C'est incroyable, mais ça marche ! »

Ils eurent tous un murmure d'admiration, surtout les quatre hommes qui avaient aidé à réparer la bicyclette d'Octave et qui voyaient le souriceau pour la première fois.

« Je devrais leur faire une gracieuse courbette, pensa Octave. Si j'y arrive ! »

Il réussit à incliner légèrement la tête, et cela fit remonter sa queue d'autant. Un peu comme si d'un côté il disait : « Merci » et de l'autre : « Zut et flûte ! »

Sa petite bicyclette était appuyée contre la pile de livres qui soutenaient un coin de la baignoire. Octave regarda de près la nouvelle roue. Il tâta le pneu, fit rouler l'engin sur une courte distance sans l'enfourcher, souleva l'avant et fit tourner la roue neuve avec son doigt de pied.

« Vous pensez qu'elle aura le courage de rouler ? demanda Mme Berryfield au docteur Potts. Avec son pansement et tout le reste ?

— Nous verrons bien, répondit le docteur Potts. Si j'étais souris, je serais assez froussarde. On ne m'y prendrait pas, sur un vélo, même sans pansement. Mais je peux vous dire que cette souris a un cœur de lion ! »

Le cœur d'Octave bondit dans sa poitrine. « Un cœur de lion ! » Le docteur Potts devait le savoir. Il l'avait peut-être vu aux rayons X, ou peut-être

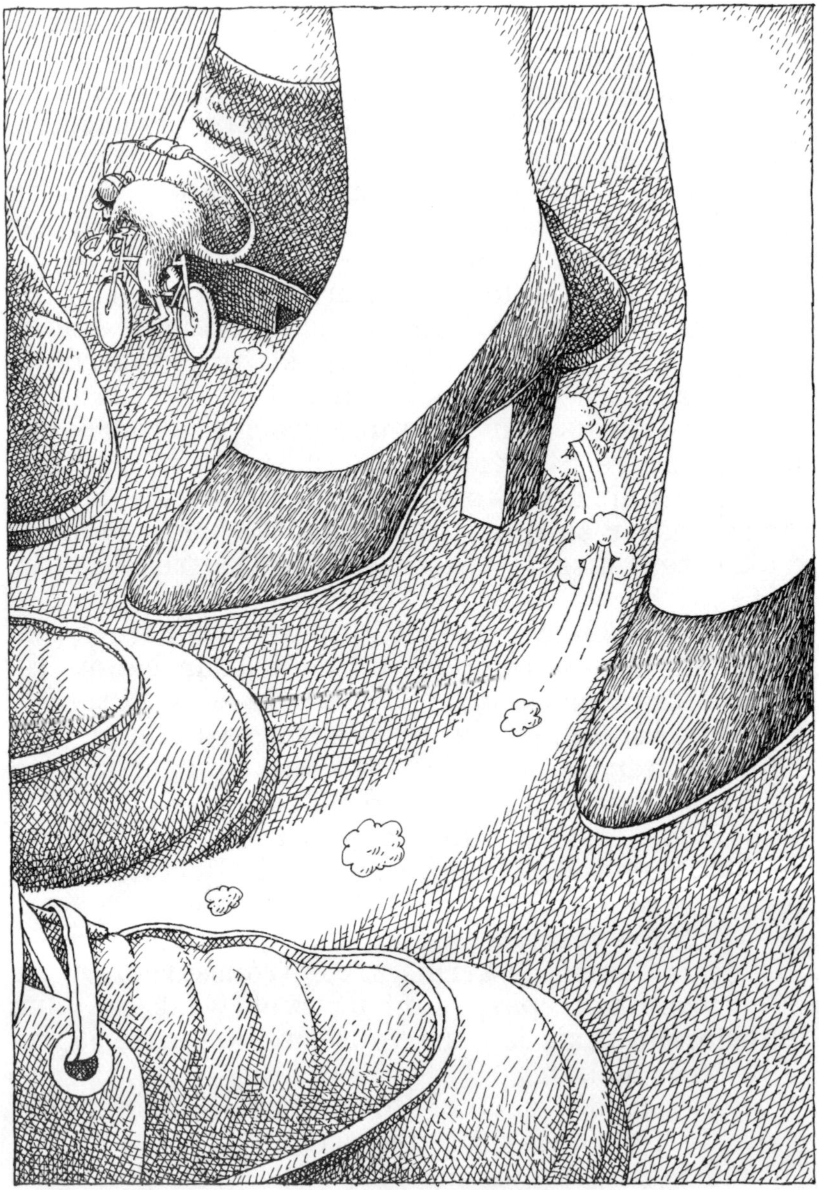

entendu avec ce stéthoscope qu'il portait au cou en permanence ?

Un souriceau au cœur de lion ne devait pas avoir peur de monter sur un vélo réparé, avec une queue en sandwich soutenue par une canne à pêche !

Il ajusta sa mentonnière pour être plus à l'aise, lança sa patte par-dessus la selle et fila en décrivant un large cercle dans la salle de bains. Rouler à nouveau sur son vélo, quelle impression magnifique !

« Diable de souris ! cria Bangs le forgeron en s'aplatissant contre le mur. Tu essaies de m'écraser les orteils ou quoi ? »

Le champion prit un virage en épingle à cheveux, dérapant sur le linoléum si près de Mme Berryfield qu'elle poussa un petit cri d'effroi.

La roue neuve roulait bien, mais le sol plat de cette salle de bains ne convenait pas. Pour que l'essai soit concluant, il fallait qu'Octave retourne sur la piste où avait eu lieu l'accident.

De plus, il lui fallait vérifier s'il avait toujours le cran d'un champion. Et ne devait-il pas montrer à tous ces gens qui l'avaient aidé ce qu'il savait faire, lui le champion de Merrimack County ?

Un porte-serviettes pliant, posé contre la baignoire de M. Berryfield, lui avait servi d'échelle, le matin. Cela avait été une rude grimpée pour un souriceau portant un vélo. Maintenant, avec le poids du pansement, ce serait encore plus difficile...

Janet ne vit pas Octave se débattre avec le porte-serviettes. Elle s'était soudain rappelé le savon au fond de la baignoire, ce perfide bout de savon ! Si la souris repassait dessus !

Oui, il était toujours là. Pire encore, il y avait

cette affreuse rayure le long de la baignoire. Comment l'avait-elle oubliée ?

Janet se pencha sur le bord. Elle pouvait tout juste atteindre le savon. Elle le gratta du bout des doigts et il vint facilement.

L'éraflure, à présent. Une méchante éraflure qui faisait presque la moitié de la longueur de la précieuse baignoire. Si son père avait commandé soixante-douze souricières parce qu'une souris avait renversé sa boîte à clous, il ferait sauter la maison lorsqu'il verrait cela ! Il n'y avait pas une seule chance que cela lui échappe. A moins que... (l'imagination de Janet se remit en marche) à moins qu'elle puisse dissimuler l'éraflure ? La recouvrir ? La peindre en blanc ?

Elle fouillait du regard la salle de bains, cherchant désespérément une idée. Tous les autres étaient trop absorbés à observer la souris pour la remarquer.

Ses yeux se posèrent sur les trois brosses à dents suspendues en rang au-dessus du lavabo. La sienne avait une tache blanche sur le manche. Une tache blanche ! Du dentifrice sec ! Bien sûr ! Du dentifrice ! Cela pourrait partir à l'eau par la suite, mais au moins cela dissimulerait les dégâts jusqu'à ce que sa mère et elle trouvent une meilleure solution.

Janet étala le dentifrice blanc le long de l'éraflure. Elle se redressa et regarda le résultat avec satisfaction : on ne voyait plus rien. De surcroît, le dentifrice brillait exactement comme la surface de l'émail. Maintenant, il ne restait plus qu'à éloigner papa de la baignoire et l'empêcher de la regarder de trop près, jusqu'à... quand ? Combien de temps le dentifrice tiendrait-il ?

Oh ! non, il y avait autre chose ! Au moment même, Janet vit la souris escalader le porte-serviettes pour rouler dans la baignoire. Si elle allait déraper sur le dentifrice frais et glissant ! Comment l'avertir ?

La réponse à ce problème, Janet la trouva dans sa main : le bouchon jaune du dentifrice. Tout le monde sait comment les équipes d'entretien des routes empêchent les voitures de traverser les lignes fraîchement peintes, au milieu de la rue. Le bouchon évoquait un feu clignotant. Mais il en fallait plusieurs.

Dans l'armoire de toilette, Janet trouva vite deux autres bouchons : un rouge sur un tube de baume calmant, et un bleu sur un tube de crème à raser. Elle les dévissa. Ils n'étaient pas assortis au bouchon du dentifrice, mais cela ferait l'affaire tout de même.

Pendant ce temps, Octave franchissait le bord de la baignoire en portant son vélo. Il regarda la longue pente blanche et le frisson du *Rio Grande* le reprit. Il aperçut les trois bouchons de couleur qui brillaient sur l'émail blanc. Quelqu'un voulait être sûr qu'aujourd'hui, il n'y aurait plus d'accident. Il se rappela comment il avait perdu le contrôle de son vélo et tressaillit. Le docteur avait peut-être raison pour son cœur, mais parfois, il arrive même aux lions d'avoir peur...

Dans la salle de bains, chacun l'observait, immobile. La pièce était plongée dans le plus grand silence. Soudain, on entendit craquer la jointure d'une cheville. Octave bondit et se retourna vivement, mais le mouvement fut trop brusque. La canne à pêche bascula, lui rabattant la queue sur le côté. S'il n'avait pas repris à temps sa position, il aurait perdu l'équilibre et aurait dégringolé au fond de la baignoire.

« Attention, souris ! cria Silvester Pye de sa voix nasillarde. Tu vas te tuer avec ce balancier accroché à ton casque ! »

A présent, Octave essayait ses freins. Il fit cliqueter le changement de vitesse, et toucha le bout de la canne à pêche sur son casque, pour s'assurer qu'elle était solidement fixée. Tout était prêt.

Cette fois, il descendrait en roue libre. C'était très important pour lui de bien sentir, avant la course, quel effet produisait cette queue de castor. Il s'élança.

« Je ne veux pas voir ça, je ne veux pas ! s'écria Mme Berryfield en se cachant les yeux. Dites-moi quand elle sera arrivée au fond ! »

A peine avait-elle commencé sa phrase, déjà le souriceau tournait sous le bouchon, et lorsque Janet l'eut avertie qu'elle pouvait regarder sans crainte, Octave attaquait le deuxième tour.

« Regardez ! s'exclama Harry. Elle va sortir le grand braquet ! »

Tous se penchèrent sur la baignoire. Octave appuyait de tout son poids sur les pédales. La ligne trembla. La queue se souleva légèrement. Le vélo vira au quart de tour et se mit à monter dans les virages.

« Ohé, là-dedans ! »

La voix de M. Berryfield dans le couloir !

« Ohé, là-dedans ! Janet ? Dorothea ? Où êtes-vous ? Qui est là ? »

12

M. BERRYFIELD était sur le seuil de la salle de bains, l'air effaré.

Il ne savait pas exactement ce qui l'attendait. Lorsqu'il avait appelé Mme Berryfield et Janet, il avait entendu des bruits étranges, dans l'aile neuve de la maison, des bruits de course et de bousculade. Mais à présent, tout était calme.

Mme Berryfield rangeait des serviettes sur le porte-serviettes. Janet, adossée à la porte de l'escalier qui menait à la cave, bouchait le tube de dentifrice d'un air affairé. Une boîte à chaussures gisait sur le sol, sans son couvercle.

« Que diable se passe-t-il ici ? demanda M. Berryfield. Il y a une minute, on aurait dit que des gens jouaient au basket. Est-ce que quelqu'un est malade ? Où sont les visiteurs ? »

Janet finit de reboucher le tube de dentifrice et le remit en place.

« Quelqu'un de malade ? Des visiteurs ? Pourquoi ? dit Mme Berryfield en continuant d'arranger les serviettes.

— Eh bien, il y a un cheval attelé au sycomore, dit M. Berryfield. Et une voiture avec une plaque de médecin.

— Un cheval avec une plaque de médecin ? fit Janet.

— Une voiture attachée au sycomore ? ajouta Mme Berryfield.

— Et il a des numéros peints sur les sabots, reprit M. Berryfield.

— Un médecin avec des numéros peints sur ses sabots ? Je n'ai jamais entendu pareille chose ! » dit Mme Berryfield.

Elle ramassa la boîte à chaussures, remit son couvercle et la posa sur l'appui de la fenêtre. Elle recommença à s'affairer autour du porte-serviettes.

« Est-ce que les médecins qui soignent les chevaux ont des numéros spéciaux ? » demanda-t-elle.

M. Berryfield décida qu'il était temps de mettre de l'ordre dans cette conversation.

« Dorothea ! Tu es sûre que tu n'es pas malade ? Tu as déjà arrangé ces serviettes. Ecoute-moi bien attentivement. Il y a un cheval avec des numéros sur les sabots, une voiture avec une plaque de médecin, et aussi un tandem rouge et noir. Tout ça en face de chez nous. Crois-tu qu'ils soient arrivés par enchantement ? Il doit y avoir des gens dans cette maison, en plus de vous deux.

— Un tandem ! s'exclama Janet. En face de chez nous ! Palpitant ! »

M. Berryfield leva les bras au ciel.

« Je n'ai jamais vu pareille famille ! dit-il. Vous me renvoyez mes questions au lieu d'y répondre. Dorothea, si en rentrant chez toi tu trouvais une voiture de médecin garée devant la maison, un vélo bizarre et un cheval abandonné qui broute le gazon sous notre sycomore, tu ne te poserais pas de questions ? »

Une idée lui traversa l'esprit.

« Oh ! dit-il en souriant. Une surprise ! Voilà ! C'est pour ça que vous ne voulez pas répondre à mes questions ? Je parie que ça a quelque chose à voir avec la baignoire ! »

Il s'en approcha, s'accroupit et examina les pieds.

« Hum, fit-il. Il y a toujours les livres qui soutiennent ce côté. Donc, ce n'est pas ça. Et ce n'est pas non plus un porte-savon. »

Il se redressa et jeta un coup d'œil à l'intérieur, quand il entendit Janet pousser un petit cri. Il se retourna.

« Papa, dit-elle vivement, il y a des choses pour toi dans la cuisine. Ça vient de la quincaillerie. »

Elle le prit par le bras pour l'entraîner hors de la salle de bains. Il fit deux pas et se dégagea.

« De la quincaillerie ? Ah ! oui, les souricières. Et aussi du fromage, hein ? Je m'en occuperai après dîner. Mais d'abord... »

Il se retourna et tambourina sur la baignoire.

« Mais d'abord, si je peux obtenir qu'on réponde à mes questions, j'espère faire une bonne trempette dans cette authentique antiquité. »

Janet avala sa salive. Le dentifrice n'avait certainement pas assez durci pour résister au bain de papa.

« Non, papa ! Attends ! supplia-t-elle. Avant, il faut que je te parle de quelque chose. J'ai une question à te poser. Tu ne peux pas remettre ton bain après dîner ?

— Ta question va prendre si longtemps ? Qu'est-ce que tu voulais me demander ?

— Seulement savoir... si tu pouvais attendre après dîner pour prendre ton bain ! »

M. Berryfield passa la main dans ses cheveux noirs.

« Tu as entendu ça, Dorothea ? D'abord, Janet me demande de remettre mon bain pour qu'elle puisse me poser une question. Ensuite, elle me dit que c'était ça la question. Il se passe ici quelque chose de bizarre et je veux savoir quoi. »

Mme Berryfield prit son mari par le bras.

« Ne te tourmente pas, Arthur. Janet voulait dire simplement qu'il ne te reste pas beaucoup de temps avant le dîner. Tu détestes te dépêcher quand tu prends un bain dans ta baignoire, tu le sais ! Pourquoi ne viens-tu pas dans la salle à manger ? Tu t'installerais confortablement, tu lirais un ou deux chapitres de ce nouveau roman policier et...

— Dites donc, interrompit M. Berryfield. Est-ce que vous n'êtes pas en train d'essayer de me faire sortir de cette salle de bains, Janet et toi ? Y a-t-il quelque chose que je ne doive pas voir ? Voulez-vous me faire comprendre que je ne peux pas prendre un bain dans ma chère baignoire quand j'en ai envie ? A l'instant, par exemple ! »

Mme Berryfield jeta un coup d'œil à Janet. Que dire ?

« Toute la journée j'ai pensé à ce bain, continua rêveusement M. Berryfield, regardant sa baignoire d'un air attendri. Je songeais à ce bouchon si pratique pour boucher le trou. Je me voyais tournant ces robinets raccordés à de véritables tuyaux. Regardez ces tuyaux ! Ce n'est pas comme ceux que nous avions avant, enfouis dans le mur où ils pouvaient fuir, s'abîmer ou se casser sans que personne n'en sache rien pendant une semaine. Mais non ! ceux-ci sont dehors, bien visibles ! Avec eux, pas de secrets ! Chaud, froid. Fermé, ouvert. Voilà ce que j'appelle une plomberie convenable ! »

Lorsqu'on voyait cette lueur-là dans ses yeux, il n'y avait pas à discuter. Dans quelques minutes, Janet en était sûre, il s'apercevrait que la baignoire était rayée et découvrirait tout. Tandis qu'il mettait le bouchon, elle retenait son souffle.

Il se redressa sans rien dire, ouvrit le robinet et s'arrêta pour regarder l'eau couler.

« Magnifique ! murmura-t-il. Voyez comme elle gicle, voyez comme elle jaillit sur... »

Il s'arrêta. Son sourire avait disparu. Janet crut que son cœur allait s'arrêter de battre. M. Berryfield ferma le robinet et regarda fixement le bouchon. Puis il se pencha et tâta le fond de la baignoire.

« Ce n'est pas possible, dit-il.

— Qu'y a-t-il, mon ami ? Quelque chose ne va pas ? demanda Mme Berryfield.

— Oui, quelque chose ne va pas. On dirait que l'émail est abîmé. Il était intact ce matin, je ne comprends pas. »

Il enleva le bouchon. Tandis que l'eau s'écoulait, il s'agenouilla contre la baignoire et se remit à en explorer le fond.

« Regardez ça ! »

Il regarda le bout de ses doigts, qui étaient blancs comme s'il avait touché de la peinture fraîche. Il les renifla.

« Je connais cette odeur. Ce n'est pas de la

peinture. Dorothea, Janet, venez ici. Vous savez ce que c'est ?

— Du savon ? suggéra Mme Berryfield timidement.

— De la guimauve ? » fit Janet.

Il renifla ses doigts à nouveau, et passa sur l'un d'eux le bout de la langue.

« Non, ce n'est pas du savon. Et ce n'est pas de la guimauve, il y a trop de menthe. Peut-être du dentifrice ? Mais qu'est-ce que du dentifrice vient faire dans la baignoire ? »

Il dirigea un regard accusateur sur Janet. La petite fille regarda sa mère pour l'appeler à la rescousse et M. Berryfield vit leurs regards se croiser.

« Oh ! dit-il. Donc, voilà une partie du grand mystère. Voyons ce que j'arrive à trouver d'autre. »

Il prit une éponge sur le coin du lavabo, la mouilla, et se mit à frotter vigoureusement le fond de la baignoire. Puis il se rassit sur ses talons, regardant l'éponge fixement.

Elle était blanche. Son bras retomba lourdement sur le bord de la baignoire. Sans tourner la tête, il se mit à parler à voix basse. Il était furieux ou navré, ou les deux à la fois peut-être.

« Que s'est-il passé ? »

Janet et Mme Berryfield s'avancèrent pour regarder par-dessus son épaule. L'éponge avait enlevé la pâte dentifrice et l'éraflure noire apparaissait maintenant dans toute son horreur.

« Que s'est-il passé ? répéta M. Berryfield. Je veux savoir comment c'est arrivé. Après tout le mal que je me suis donné pour la dénicher... trouver cette baignoire abîmée, déjà ! »

Personne ne dit mot. M. Berryfield attendait que Janet ou sa mère parlent, mais elles ne trouvèrent rien à dire. Et à ce moment précis, tous les trois entendirent un cognement sourd, derrière la porte de l'escalier qui montait au grenier.

« Qu'est-ce que c'est ? dit M. Berryfield. Il y a quelqu'un dans l'escalier !

— Dans l'escalier ? Sans doute des souris. »

Mme Berryfield se posta devant la porte, en face de son mari.

« Complètement idiot ! fit-il d'un ton cassant. Les souris ne font pas ce bruit. On a cogné, et tu le sais très bien. Tu as sauté comme un lapin. Pourquoi ne pas aller voir ?

— La porte est fermée, dit-elle en agitant la poignée d'une main. Comment pourrait-il y avoir quelqu'un ?

— Si tu ne vas pas voir, j'y vais, moi, dit-il. Peut-être qu'il n'y a rien, mais nous avons tous entendu quelque chose. Je ne veux pas entendre ce *rien* cogner dans l'escalier pendant mon roupillon ! »

Il traversa la pièce à grands pas et avança la main vers la poignée, derrière sa femme. Comme elle l'avait dit, la porte semblait fermée. Il lui fit signe de s'écarter, tourna la clef et ouvrit brusquement la porte tout grand.

Heureusement pour lui, il avait reculé en même temps car les cinq hommes qui se cachaient dans l'escalier dégringolèrent, tel un fleuve rompant un barrage. Ils atterrirent sur le sol de la salle de bains, bras et jambes pêle-mêle.

13

Le fracas fit trembler même l'escalier de la cave où Janet avait précipitamment caché Octave.

Le souriceau était resté blotti là tout le temps, sur la première marche, en écoutant les voix venant de la salle de bains. A présent, il se rendait compte que si M. Berryfield avait ouvert la porte du grenier, il pouvait très bien ouvrir ensuite celle de la cave.

« Aujourd'hui, se dit-il, fini l'entraînement ! Je ferais mieux de chercher une cachette plus sûre. »

Pour une souris à vélo, il n'y avait qu'un chemin vers la cave : une longue planche que M. Berryfield avait posée à côté de l'escalier. Dans la pénombre, Octave l'estima moins abrupte que celle de la baignoire et, en se servant de ses freins, il la descendit en toute sécurité.

Il s'arrêta en bas et prêta l'oreille. Les voix

dans la salle de bains continuaient à discuter et la porte de l'escalier était toujours fermée.

Jusque-là, tout allait bien.

N'importe quel souriceau aurait connu la nouvelle cave infiniment mieux qu'Octave. Les autres membres de sa famille en avaient exploré les moindres recoins depuis qu'on avait construit les quatre murs en ciment. Ils avaient parlé pendant les repas des trois passages secrets pour entrer et sortir, deux qui allaient des murs de la salle de bains au grenier et le troisième qui aboutissait dans le jardin. Plus tard, la famille avait fait des gorges chaudes à propos d'une souricière « maison », bricolée par M. Berryfield. Quelques-uns l'avaient explorée pour dérober les morceaux de fromage, sans se faire prendre.

Octave était trop occupé par son entraînement pour se soucier de pareilles vétilles. Il n'avait jamais inspecté l'aile de la maison et lorsque ses frères et sœurs se moquaient de la souricière de M. Berryfield, lui rêvait à de nouveaux championnats, toujours plus passionnants, où il était toujours vainqueur.

Sa mère s'inquiétait souvent à son sujet.

« Si seulement il avait écouté attentivement les leçons sur les souricières, quand il allait à l'école, soupirait-elle, je serais rassurée. Mais lui, c'est le vélo, tout le temps le vélo ! Il n'a pas l'air de comprendre que les hommes nous détestent et qu'ils nous veulent du mal. »

Octave l'avait surprise en train de dire à son père :

« Je ne suis pas sûre que le petit reconnaîtrait une souricière s'il en voyait une.

— Laisse-le donc tranquille, avait répliqué son

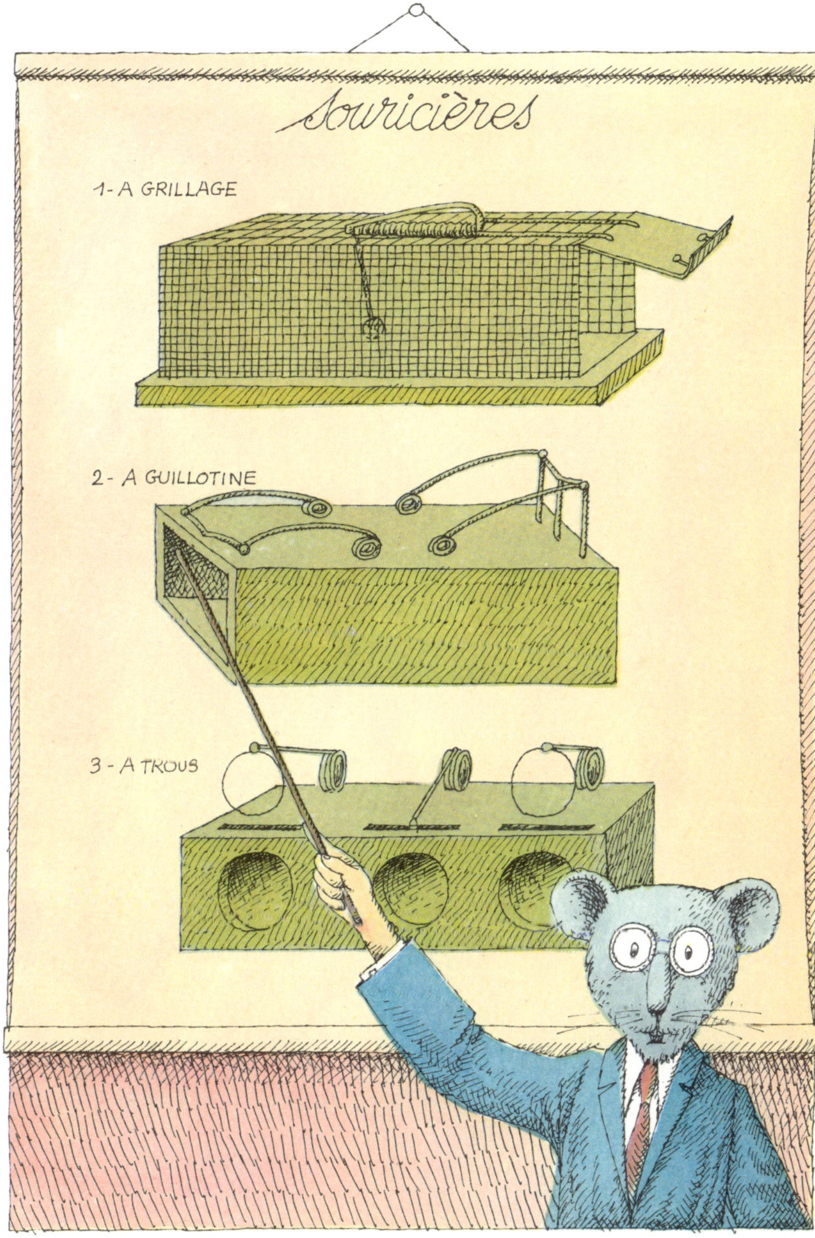
Souricières
1- A GRILLAGE
2- A GUILLOTINE
3 - A TROUS

père. J'aurais bien voulu avoir la chance de faire des courses de vélo, à son âge. Il se débrouillera très bien. Et il se fera un grand nom ! »

Octave avait souvent traversé la cave mais il ne s'était jamais arrêté pour l'inspecter. Un peu de lumière entrait par un petit soupirail, et il pouvait distinguer des piles de planches posées contre le mur et l'établi de M. Berryfield au milieu de la pièce, avec un tas de copeaux par terre. Où se cacher ?

Octave se faufila parmi les copeaux. L'une des roues heurta un gros copeau qui sauta, roula comme une vague et tomba en faisant voler de la sciure. Il éternua de façon retentissante.

L'éternuement lui parut aussi violent qu'un bruit de vitre cassée. On avait sûrement entendu, là-haut, et on allait venir le chercher ! Octave s'immobilisa, pétrifié, et tendit l'oreille. Non, apparemment, on ne l'avait pas entendu. Peut-être fallait-il être un souriceau pour entendre l'éternuement d'un autre souriceau...

Le champion continua d'avancer jusqu'à l'atelier, où le sol aurait dû être plus dégagé. Pourtant, non. Car le matin même, furieux et dégoûté, M. Berryfield avait casé là son infortunée souricière, avant de partir travailler.

Octave contempla la souricière avec curiosité. Il n'avait aucune idée de ce que cela pouvait être. On aurait dit une boîte en bois, un peu plus grande que la boîte à chaussures de Mme Berryfield. Sur le côté qui se trouvait devant lui, il y avait un trou rond, assez large pour y entrer. Octave inspecta les autres côtés et quand il revint à son point de départ, sans avoir trouvé d'autre ouverture, il comprit que ce trou devait être la seule entrée.

Qu'y avait-il à l'intérieur ? Il se glissa près du trou et renifla. Son nez pointu frissonna en humant un mélange d'odeurs diverses, et il s'amusa à deviner leur nom : celle-ci, l'odeur pénétrante de térébenthine du bois de pin neuf, celle-là, les mains de M. Berryfield. Tiens ! l'odeur d'une autre souris — ce qui signifiait probablement que l'un des membres de sa famille était entré — et puis, l'odeur d'un fromage-qui-n'était-plus-là. Ça, c'était une précieuse découverte. Peut-être cela ne faisait-il pas picoter les papilles comme un vrai fromage-qui-est-bel-et-bien-là, mais c'était quand même deux fois mieux qu'un fromage-qui-n'a-jamais-été-là !

Octave se tourna légèrement pour regarder l'escalier. Il savait qu'à tout moment M. Berryfield risquait de surgir en claquant la porte de la salle de bains. Il avait là une cachette toute prête, avec une porte assez grande pour lui mais beaucoup trop petite pour M. Berryfield. Et en plus, il y avait eu du fromage à l'intérieur !

Les moustaches en alerte, il passa la tête dans le trou. Bang ! La canne à pêche heurta le côté de la boîte. Il l'avait complètement oubliée.

Il n'avait qu'à défaire sa mentonnière et enfoncer son casque sur la tête. Il tressaillit de douleur quand sa queue de castor s'abattit par terre, mais la canne à pêche (qui pendait le long de son dos) ne le gênait plus pour entrer. A nouveau il introduisit sa tête dans le trou.

Ses petits yeux noirs perçant l'obscurité découvrirent le début d'une galerie qui montait doucement, fermée à droite, à gauche et au-dessus par un grillage. A quoi bon attendre !

Ce ne fut guère facile de faire passer le vélo par le trou. Il le fit alors rouler au milieu de la galerie en se guidant avec ses moustaches. Sa queue traînait, aussi remit-il son casque pour la soulever.

Au fur et à mesure qu'il avançait, l'odeur du fromage-qui-n'était-plus-là devenait plus forte ! Quel délice ! Les yeux d'Octave agrandis dans le noir virent que le couloir se terminait par une marche formant une sorte d'étagère. Son nez lui dit que le fromage s'était trouvé à cet endroit. Pourquoi ne pas se lever sur ses pattes de derrière pour s'en assurer ?

Il essaya d'atteindre l'étagère, mais, au même moment, elle sembla s'élever, s'élever...

Ouille ! Que se passait-il ?

La galerie s'abaissa, se dérobant sous ses pattes, comme une balançoire, une balançoire géante.

Et soudain, boum ! lui et son vélo roulèrent au fond d'un trou. Il se remit vivement debout et vit l'extrémité de la balançoire remonter. Il essaya en vain de s'y accrocher. En un clin d'œil, elle reprit sa position avec un petit déclic, comme une serrure que l'on ferme. Hors d'atteinte.

« Bien, se dit-il. C'est compliqué et pas très commode d'entrer dans ce trou. Je n'ai jamais vu ça. Mais quelle merveilleuse cachette en attendant que la voie soit libre ! »

Il examina l'intérieur de la boite, qui était grillagée de tous côtés.

« Magnifique ! pensa-t-il. Personne ne peut entrer ! Seulement... comment sortir quand l'alerte sera finie ? »

Il n'y avait pas d'ouverture. Absolument pas la moindre !

« Ah ! je suis vraiment un joli champion, marmonna-t-il. Cette merveilleuse cachette ne vaut pas mieux qu'une prison. Ça ne m'étonnerait pas que ce soit une sorte de piège, même. Oui, je parie que c'est ça ! Merveilleuse cachette, parfaitement hermétique. Misère ! »

14

TANDIS qu'Octave se faisait prendre dans la souricière, les cinq hommes qui avaient dégringolé l'escalier du grenier démêlaient leurs bras et leurs jambes. M. Berryfield les observait en silence et attendait leurs explications.

« Ouf ! soupira Bangs le forgeron en s'époussetant. Que c'est agréable de bouger ! »

Silvester Pye essaya de se relever mais s'effondra par terre. Il se frotta la cheville.

« Mon pied est engourdi, dit-il avec un petit sourire. C'est pour ça que je perds l'équilibre. »

Le docteur Potts rajusta sa cravate, fourra son stéthoscope dans la poche et se tourna vers M. Berryfield.

« Vous vous demandez pourquoi nous sommes là, Arthur ? dit-il. Nous allons vous expliquer. »

M. Berryfield fut soulagé de voir une tête qu'il connaissait.

« Docteur Potts ! Alors, la voiture, dehors, c'est

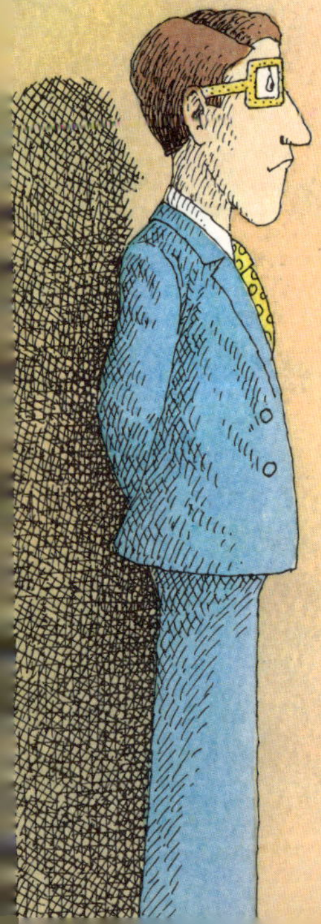

la vôtre ! Quelqu'un est-il malade ? Ma femme et ma fille ne veulent rien me dire. Vous, vous me répondrez peut-être. Et tant que vous y êtes, comment cette rayure, cette balafre, cette épouvantable carie, s'est-elle formée sur l'émail de ma baignoire ?

— Une carie sur l'émail ? » intervint M. Norton, le dentiste.

Il se releva tant bien que mal, ajusta son veston bleu pâle et scruta attentivement la baignoire.

« Tsst tsst ! Regardez-moi ça ! Vous savez, M. Berryfield, l'émail, c'est ma spécialité. Saviez-vous que c'est l'une des substances naturelles les plus dures ? Evidemment, l'émail d'une baignoire est différent de l'émail dentaire et il se raye plus facilement, comme nous pouvons tous le constater. Néanmoins...

— Très intéressant ! coupa Harry. Mais vous nous pompez l'air. On ne vous a pas demandé une conférence sur les merveilles de l'émail dentaire. »

M. Berryfield sourit avec reconnaissance.

« Merci, monsieur... euh...

— Harry, l'ami des vélos.

— Merci Harry... dit M. Berryfield. Le vélo qui est dehors... c'est le vôtre ?

— Que j'avale un sandwich à la rustine si ce n'est pas le mien ! » dit Harry.

M. Berryfield cligna des paupières.

« Et le cheval attaché à notre sycomore ? demanda-t-il. Appartient-il à un autre de ces messieurs ?

— Sam est à moi. C'est mon cheval-démonstration », expliqua Bangs.

M. Berryfield, stupéfait, regarda tour à tour Mme Berryfield et Janet.

« Qui a besoin d'une démonstration ? Est-ce qu'il veut vous convaincre d'acheter un cheval ? »

Janet s'esclaffa.

« Ne t'inquiète pas, papa. C'est un cheval-démonstration parce qu'il a quatre fers différents. »

M. Berryfield s'assit sur le bord de la baignoire et secoua très lentement la tête.

« Je suis rentré chez moi, dit-il, en espérant prendre un bon bain chaud avant le dîner. Au lieu de ça, je trouve ma baignoire abîmée, des inconnus qui dégringolent de mon grenier, et ma famille qui s'apprête à monter un commerce de fers à cheval ! Quelqu'un peut-il m'expliquer, en termes simples, ce que tous ces gens fabriquent ici, avec leurs chevaux, leurs vélos et leurs sandwiches à la rustine ? »

Comment répondre à ces questions sans trahir toute l'histoire de la souris au vélo ? Janet eut soudain une idée.

« Tu avais presque deviné tout à l'heure, papa. Ça fait partie d'une grande surprise que nous t'avons préparée.

— J'ai eu assez de surprises pour la journée, grommela M. Berryfield. Ce que je souhaite, c'est un bon bain, un bon dîner. Ensuite je mettrai des souricières un peu partout. S'il y a encore d'autres surprises qui m'attendent derrière les portes de cette maison, je veux qu'on m'en parle immédiatement ! »

Silvester Pye regarda sa montre.

« Bien, dit-il, je ferais mieux de m'en aller. »

Bangs le forgeron et M. Norton se faufilèrent vers la porte.

« Moi aussi, dit Bangs.

— Moi de même, ajouta le dentiste.
— Oui, dit le docteur Potts. Je ne peux plus être d'aucune utilité ici. »

M. Berryfield sauta sur le mot.

« Vous ne pouvez *plus ?* Alors, il y avait bien quelqu'un de malade ici ? Attendez un peu ! »

Il atteignit la porte avant les autres et se posta devant eux, la figure rouge, l'air déterminé.

« Fini, les devinettes ! dit-il. Je donne ma langue au chat. Personne ne quitte cette pièce tant que je n'ai pas découvert qui est malade, comment ma baignoire s'est rayée et ce que les gens de cette... assemblée fabriquent chez moi. »

Mme Berryfield prit son mari par les revers de son veston.

« Arthur, dit-elle, il ne faut pas te fâcher.
— Me fâcher ? Je ne suis pas fâché. Mais pourquoi ne faut-il pas que je me fâche ?
— Parce que si tu es fâché, ce ne sera pas... prudent de tout t'expliquer. »

M. Berryfield laissa échapper un long soupir.

« Eh bien, fit-il, je ne suis pas fâché.
— Et tu ne le seras pas si nous te parlons ?
— Non.
— Promis ?
— Promis !
— Même si... même si...
— Pour l'amour du ciel, Dorothea ! Même si quoi ? »

Janet pensa qu'elle ferait mieux de venir à la rescousse.

« Papa, dit-elle, est-ce que tu promets de ne punir personne, même pas... »

Elle s'arrêta.

« Personne, même pas... ? répéta M. Berryfield.

— Il y a des gens qui punissent leur cheval, suggéra Bangs.

— Ou leur chien, ajouta Janet. Des animaux comme ça. Alors, promis ?

— D'accord, je promets de ne punir personne, même pas un animal familier, dit M. Berryfield à contrecœur. Maintenant répondez-moi : comment ma baignoire s'est-elle rayée ? Qui est malade ? Et pourquoi tous ces gens sont-ils ici ? »

L'heure était venue ! Plus vite on lui parlerait, mieux cela vaudrait. Janet respira profondément.

« Pour voir une souris. Le docteur Potts a soigné sa queue fracturée.

— Déboîtée, murmura le docteur Potts.

— Quoi ? demanda Janet.

— Déboîtée, répéta le docteur Potts. Elle n'est pas fracturée.

— Oh ! tant mieux, s'exclama Janet. Attends, papa, je n'ai pas fini. M. Pye a trouvé une roue neuve pour le vélo. M. Norton a limé les dents de la roue avec sa roulette. Harry est celui qui connaît M. Pye. Et qui encore ? Ah ! oui, M. Bangs, le forgeron. Lui et Sam nous ont conduits chez M. Norton.

— Attends un peu ! coupa M. Berryfield. Ils sont venus chez nous pourquoi ? Pour voir une souris ?

— C'est ça. Aucun d'eux n'avait jamais vu auparavant une souris faire du vélo.

— Moi non plus, dit M. Berryfield. Dieu merci ! Elles se déplacent déjà assez vite sans vélo ! Mais pourquoi ces gens espèrent-ils voir une chose aussi extravagante chez nous ?

— Parce que maman et moi on le leur avait dit. »

M. Berryfield adressa à sa femme un regard lourd de reproches.

« C'est très joli de s'amuser, Dorothea, reprit-il, mais ce n'est pas malin de pousser Janet à faire des blagues aussi idiotes ! Amener des gens chez nous pour... voir une souris faire du vélo ! »

Il renifla avec bruit.

« Est-ce que Janet et toi, vous n'avez pas inventé toute cette histoire uniquement pour ne pas m'avouer comment ma baignoire s'est rayée ?

— Oh non, Arthur ! répondit Mme Berryfield. Nous te disons la pure vérité. C'est exactement ce qui s'est passé. »

M. Berryfield fronça les sourcils.

« Continue, dit-il à Janet.

— Le vélo a glissé sur ton savon, il est tombé et il a rayé la baignoire. Et la souris s'est fracturé la queue.

— Déboîté », rectifia le docteur Potts.

M. Berryfield s'approcha de la baignoire et la regarda un moment.

« C'est une grande baignoire, concéda-t-il, mais tout le monde peut constater qu'il n'y a pas de place pour faire du vélo. »

Janet sentit la moutarde lui monter au nez.

« Mais papa, tu n'as rien compris ! C'est un vélo de souris !

— Un vélo de souris ? Tu crois que je vais avaler ça ? Une souris qui fait du vélo dans la maison ? D'accord, admettons que ce soit vrai. Mais pourquoi dans ma baignoire ?

— Tu ne vois pas ? C'est l'endroit rêvé ! Avec tous ces virages, ça fait une piste merveilleuse.

— *Ma baignoire ?* rugit M. Berryfield. *Une piste ? Pour une souris ?* »

Puis il se détendit et adressa à sa fille un large sourire.

« Farceuse, va ! J'ai presque failli te croire ! »

Mme Berryfield intervint calmement.

« C'est vrai, Arthur. Janet n'a rien inventé. Nous avons tous vu. »

Les sourcils froncés, M. Berryfield regarda la baignoire rayée, puis sa femme et sa fille. Elles ne disaient rien et pendant quelques instants, lui non plus. Enfin il se décida.

« Très bien. Où sont ces souricières ? »

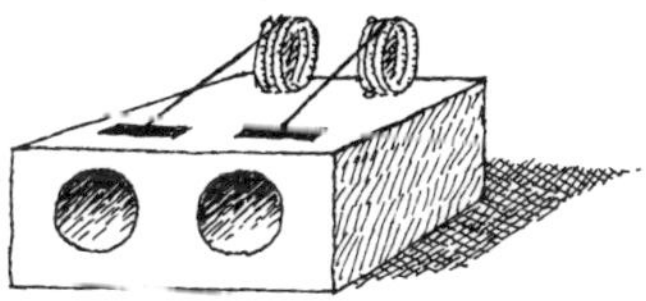

15

JANET retint son père par la manche de son veston, mais il sortit de la salle de bains en la bousculant au passage, et se précipita vers la cuisine.

« Non, papa ! supplia-t-elle. Tu m'as promis ! »

En un clin d'œil, il déchira l'emballage de quatre souricières.

« Une souris ! éclata-t-il. Une souris ! Ridicule ! Dans ma magnifique baignoire ! Sur un vélo ! Incroyable ! Je vais mettre fin à ce genre d'inepties !

— Mais tu avais promis que si on te racontait, tu ne punirais personne. »

Mme Berryfield les avait rejoints.

« Janet a raison, Arthur, approuva-t-elle. Tu l'as promis.

— Je ne devais punir personne, même pas des animaux familiers, voilà ce que j'ai promis ! »

M. Berryfield inspecta l'intérieur du réfrigérateur.

« Où est le fromage ? Les souris ne sont pas des

animaux familiers, que je sache. Même si ma femme et ma fille se figurent que des souris font du vélo dans ma baignoire ! Elles sont un danger public et elles rendent fou, voilà tout ! La prochaine fois, ce sera probablement mon tour. »

Il trouva le fromage et se mit à le couper en petits morceaux avec le couteau à éplucher les légumes.

« Pas cette souris, papa, dit Janet. C'est vraiment un animal familier.

— Un animal familier, ah bon ? Et c'est elle qui a rayé ma baignoire avec son vélo ? Peut-être que tu comprends maintenant pourquoi je n'aime pas les animaux ! »

M. Berryfield coupait le fromage sans faire attention.

« Zut alors ! Je me suis coupé le pouce ! »

Tout en lui pansant le pouce, Mme Berryfield lui recommanda de rester tranquille et d'écouter, parce que, s'il recommençait à discuter en gesticulant, son pansement se déferait.

« Bien sûr, les animaux font parfois des bêtises, Arthur, concéda-t-elle.

— Les enfants aussi, ajouta Janet.

— Mais les enfants, tu ne les juges pas si vite, continua Mme Berryfield. Et les adultes aussi font des erreurs, comme se couper le doigt avec un couteau, par exemple. »

Elle appuya sur le pansement adhésif.

« Aïe ! fit M. Berryfield. Bon, alors, est-ce que je peux parler ? Si cette souris, votre protégée, est votre animal favori, je suppose qu'elle doit venir quand on l'appelle, hein ? Et qu'elle porte un collier ? Et que vous lui donnez à manger ? Et qu'elle remue la queue en vous voyant, ou qu'elle ronronne ? Des trucs comme ça ? »

M. Berryfield commença à garnir la souricière de fromage.

« Ecoute-moi, Arthur. Un animal favori n'est pas forcément un animal apprivoisé. L'important, c'est qu'on veille sur lui, et qu'on l'aime. N'oublie pas, j'ai amené cette souris chez mon propre docteur, quand elle s'est fracturé la queue.

— Déboîté ! cria le docteur Potts sur le seuil de la cuisine, où lui et les autres s'étaient rassemblés pour observer la scène.

— Maman a raison, dit Janet. Un animal favori ne doit pas nécessairement obéir ou porter un collier. Ça n'empêche pas qu'on l'aime, qu'on lui donne à manger, qu'on s'inquiète quand il se blesse, qu'on ne veut pas le voir se faire prendre... dans une souricière ! »

Son père n'écoutait plus. Il avait déjà garni de fromage les quatre souricières, et il revenait vers la salle de bains. Janet le devança dans le couloir et se posta contre la porte de l'escalier qui menait à la cave.

« Non, non et non ! s'écria-t-elle. Tu as promis de ne pas punir notre souris. C'est notre protégée, à maman et à moi. Si tu avais été là, ce matin, si tu l'avais vue faire le tour de ta baignoire à toute allure, tu serais d'accord avec nous. Elle est probablement la seule souris au monde qui en soit capable. »

M. Berryfield eut un rire diabolique.

« Je l'espère bien ! Et quand j'aurai fini ce que j'ai à faire, il n'en restera même plus une. Allons, Janet ! Ta protégée est en bas, n'est-ce pas ? Souviens-toi qu'elle n'est pas la seule que je poursuis. Laisse-moi passer ! Je veux poser ces souricières avant le dîner. »

Mais Janet restait adossée à la porte, et peu importait ce que disait son père : elle ne bougeait pas. Il n'était rentré que depuis une heure à peine, et sans doute la souris se trouvait-elle encore derrière la porte, là où elle l'avait cachée.

M. Berryfield se résolut à écarter sa fille pour passer, mais il remarqua que tous les autres étaient retournés à la salle de bains d'où ils observaient en silence.

« Pourquoi me regardez-vous avec cet air accusateur ? grommela-t-il. Je n'ai pas le droit de débarrasser ma maison des souris ?

— Si, bien sûr, accorda Harry. Vous pouvez vous débarrasser de ces petites pestes, sauf de...

— Sauf de ?

— Sauf de celle qui fait du vélo dans la baignoire.

— Celle qui fait des rayures dans ma baignoire, vous voulez dire ?

— C'est la même ! L'animal que vous aviez promis de ne pas punir. »

Le carillon de la porte d'entrée tinta, et Mme Berryfield alla ouvrir.

M. Berryfield essayait de se montrer patient avec Janet.

« Ecoute, cela n'aidera pas ta protégée de ne pas mettre de souricière dans la cave. Les souris grouillent dans la maison. S'il y a des souricières partout, n'importe quelle souris peut se faire prendre.

La seule façon de sauver ta protégée, c'est d'aller la trouver et de lui dire de ma part de s'éloigner des souricières.

— Mais je ne peux pas ! Je ne sais même pas où elle est...

— Siffle-la ! Appelle-la ! Tu as dix minutes pour la récupérer ! »

A ce moment, Mme Berryfield revint, pâle et bouleversée. Elle fit claquer la porte de la salle de bains derrière elle.

« Ils sont lâchés ! dit-elle, le souffle court. Arthur, c'était l'entreprise de location d'animaux. Le livreur. »

M. Berryfield la regarda d'un air inexpressif.

« L'entreprise de location d'animaux ? Quel livreur ?

— Il a prétendu que tu avais loué huit chats pour la nuit.

— Oh ! oui, bien sûr ! L'entreprise de location de chats !

— Eh bien, Arthur... cet homme a soulevé le couvercle du panier pour me les montrer... »

Mme Berryfield pleurait presque.

« Le couvercle lui a échappé ! Et maintenant... les huit chats sont dans la maison ! »

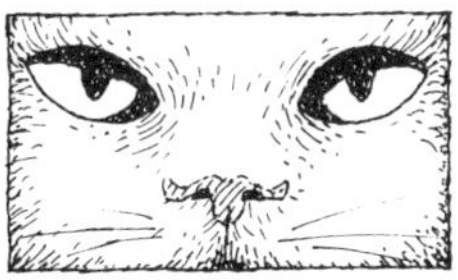

16

Eh bien ! s'exclama Harry, il faut décréter l'état d'urgence ! Ces chats de location travaillent dans l'extermination des souris depuis un sacré bout de temps, et ce sont de vrais tigres, croyez-moi ! Ma vieille tante Alice les a utilisés une fois. De vrais tigres ! »

Mme Berryfield s'appuya contre la porte.

« Des tigres ! Je préfère encore vivre avec des souris !

— Peut-être, Dorothea, dit M. Berryfield. Pour l'instant, nous avons des souris et des tigres. Mais demain matin, adieu les souris ! Le magasin me l'a garanti.

— Je me demande ce que les chats penseront en voyant la souris sur son vélo ! dit Bangs avec un petit rire.

— En tout cas, quand la souris verra les chats, c'est elle qui miaulera ! dit Harry.

— Vous savez, suggéra Silvester Pye, peut-être qu'elle sera plus rapide qu'eux !

— Et qu'elle s'enfuira ! ajouta Janet.

— N'importe quelle souris pourvue de bon sens resterait dans son trou en attendant que les chats s'en aillent ! » déclara Mme Berryfield.

Mais si Mme Berryfield essayait toujours d'avoir du bon sens, elle n'était pas souris pour autant. Elle ne connaissait pas les histoires que l'on racontait dans la famille d'Octave sur les chats de location. C'était l'un d'eux qui était apparu dans le rêve de grand-papa Rufus et qui l'avait effrayé au point de le faire entrer à reculons dans une souricière. Ces chats de location étaient des brutes sanguinaires. Ils guettaient leurs proies dans les coins sombres, le nez contre le sol, comme des bulldozers. On racontait qu'ils pouvaient éclairer l'intérieur d'un logis de souris rien qu'en lançant un regard à l'intérieur, et bien des souris étaient mortes de peur rien qu'à la vue de ces yeux terrifiants.

Quand elles apprirent que les chats de location se trouvaient dans la maison, les souris claquèrent des dents.

« Avec ces bouchers, il vaut mieux ne pas courir de risques, dit-on aux petits. On ne berne pas des chats habiles et expérimentés comme eux avec de vieux trucs, par exemple sortir de son trou par la porte de derrière. »

Cette nuit-là, quarante-trois membres de la famille d'Octave, ainsi que cent six autres souris déferlèrent de la cave des Berryfield vers les parterres de jonquilles et de tulipes qui entouraient les maisons de Bel Air Park.

A la queue leu leu, sur la pointe des pattes, ils empruntèrent l'un des passages secrets, et ils disparurent avant que les chats aient commencé à chasser. Il ne resta que deux souris. La première était l'outrecuidant cousin Gontran. Quand on lui avait parlé du danger, il avait ricané et regardé partir les autres tranquillement.

« Cafards ! Cloportes ! Cancrelats ! avait-il lancé à ses frères et à ses sœurs. Cette maison n'est pas aussi dangereuse que vous le croyez ! Si elle l'est, je le verrai bien moi-même ! »

Gontran passa une agréable soirée à folâtrer dans les murs abandonnés et à s'amuser avec les jouets que sa famille avait laissés. Vers les onze heures, il repéra un sympathique morceau de fromage, juste devant l'une des sorties.

« Regardez ce que les autres ont raté ! » dit-il en gloussant.

Et il tendit la patte pour s'en emparer.

Clac ! Adieu, outrecuidant Gontran...

L'autre souris qui resta sur place était Octave, toujours à l'abri dans le piège à bascule. Les chats l'avaient vite découvert, mais cela ne leur était guère utile. A travers les murs du piège, ils entendaient le léger frémissement de ses moustaches, quand il respirait. Mais impossible d'entrer par la porte, beaucoup trop petite pour eux. Un moment, quatre chats se dressèrent sur leurs pattes de derrière pour renverser la souricière : elle ne bougea même pas.

Finalement, un matou noir aux oreilles pendantes, qui était leur chef, laissa deux gardiens, avec mission de se jeter sur la souris si elle tentait de s'échapper.

Les poils d'Octave s'étaient dressés sur son poitrail, tout raides. Il entendait une voix intérieure lui répéter : « Ne bouge pas, souriceau ! Ne bouge pas ! » D'ailleurs, même s'il l'avait voulu il

n'aurait pas pu passer la tête par la porte du piège. La bascule ne redescendrait jamais !

Les Berryfield passèrent une soirée calme et triste. Le docteur Potts et les autres étaient partis après l'arrivée des chats et la famille avait dîné en silence. Puis M. Berryfield posa une autre douzaine de souricières dans les coins sombres et il se fit couler un bon bain chaud.

« Pourquoi ces souricières ? s'enquit soudain Mme Berryfield. Tu n'as pas confiance en tes tigres ?

— Ne dis donc pas de bêtises ! répondit M. Berryfield. Ce sont des chats, pas des tigres. Bien sûr, le magasin a garanti qu'ils feraient le travail, seulement je n'aime pas prendre de risques. Il vaut mieux tuer une souris deux fois que pas du tout. Ces pièges seront les bienvenus. »

Janet avait finalement laissé son père ouvrir la porte de la cave pour que les chats puissent aller et venir. En effet, cette porte n'allait pas rester éternellement fermée !

Mme Berryfield essaya de réconforter sa fille. Après tout, lui dit-elle, cette souris devait bien avoir l'habitude d'entrer et de sortir de son trou, sur son vélo. La seule différence, à présent, c'était sa queue pansée, la ligne et la canne à pêche.

« Une souris aussi maligne arriverait à se débrouiller même avec un mât de cocagne sur la tête ! » affirma Mme Berryfield.

Pourtant, toutes les deux étaient inquiètes.

Tard dans la soirée, après que Janet fut allée se coucher, Mme Berryfield entendit soudain le « clac » de la souricière qui venait d'attraper cet idiot de Gontran. Elle fut terrifiée. Lorsqu'elle vit la souris morte, elle comprit que ce n'était pas celle qui faisait du vélo parce qu'elle n'avait pas de pansement à la queue.

Mais le moindre petit bruit la faisait sursauter et elle imagina les choses les plus épouvantables jusqu'au moment où elle sombra, enfin, dans le sommeil.

Le lendemain matin à l'aube, les huit chats se réunirent devant le piège à bascule. A part Gontran, ils n'avaient pas vu une seule souris de la nuit. Ils avaient seulement entrevu quelques queues furtives. Ils étaient affamés et furieux.

Une chatte tigrée, aux longs membres antérieurs, essaya de passer la patte par le trou étroit de la porte qui fermait la prison d'Octave, dans l'espoir de l'attraper, mais tout ce qu'elle attrapa, ce fut une crampe à l'épaule.

Mme Berryfield posa une casserole de lait sur la deuxième marche, pour les chats bredouilles. Ils attendirent la camionnette du magasin d'animaux en lapant le lait et en maugréant sur leur déveine.

« Mon mari n'a pas de réclamations à faire, dit Mme Berryfield au chauffeur. Vos chats n'ont pas pris une seule souris, mais elles ont toutes déguerpi. Il en est tellement sûr qu'il a remballé les souricières et les a rangées avant d'aller travailler, ce matin. »

Ce soir-là, Mme Berryfield utilisa les restes de fromage pour préparer une gigantesque fondue. Etendu dans sa baignoire, M. Berryfield chantonnait : *J'ai mordu dans le fruit de la vie...*

On n'entendait plus gratter ni grignoter nulle part dans la maison. Il n'y avait plus à présent que deux choses pour troubler le bonheur de M. Berryfield : la rayure au fond de sa baignoire, qu'il craignait de voir bientôt se rouiller, et l'échec de sa souricière « maison ». Le lendemain, samedi, il avait l'intention de se débarrasser de cette fichue souricière, qui permettait aux souris de dérober trop facilement le fromage. Ces bestioles l'avaient ridiculisé et son piège à bascule l'avait fait passer pour un idiot.

Si Dorothea et Janet découvraient qu'il avait l'intention de le détruire, elles penseraient qu'il avait abandonné la partie, et s'inclinait devant l'astuce des souris.

Bien sûr, ce n'était pas vrai. Demain, il se lèverait de bonne heure, avant sa femme et sa fille, et il débiterait en margotins cette ridicule souricière.

17

JANET savait que d'habitude, le samedi matin, ses parents faisaient la grasse matinée. Elle aussi, mais ce jour-là, un rêve la réveilla de bonne heure.

Dans son rêve, la souris était revenue saine et sauve dans la baignoire et on aurait dit qu'elle avait des ailes. Elle descendait la pente en vol plané sur son vélo avant d'atterrir au fond.

Le rêve semblait presque réalité. Janet sauta du lit et posa les pieds sur le sol, avec la légèreté d'une plume. Elle sortit de sa chambre à pas de loup. Si son rêve était vrai, pourvu que son père dorme le plus longtemps possible...

Mais dans la salle de bains, elle trouva la baignoire vide, exactement comme la veille. Aucune trace de la souris.

Cependant, quelque chose l'intrigua. La porte de l'escalier qui menait à la cave était grande ouverte, et la salle de bains était éclairée par la lumière de l'escalier.

Janet traversa doucement la pièce. Incroyable ! Quelqu'un parlait tranquillement, en bas ! Elle approcha sa tête de l'encadrement de la porte. Oui quelqu'un parlait : son père, semblait-il.

Se serait-il levé si tôt ? Et pourquoi ? A qui pouvait-il parler ? Avec d'infinies précautions, Janet regarda à travers l'ouverture.

Pas de doute ! Son père était bien là ! Il se tenait sous la lampe, devant son établi. Il tournait le dos à l'escalier et n'avait pas entendu les pas feutrés de Janet. Son piège « maison » était sur l'établi. Il avait enlevé le couvercle, qu'il gardait à la main. Tandis que Janet l'observait, il se pencha sur la souricière, regarda à l'intérieur, et se remit à parler.

« Ah ! enfin cette bonne à rien de souricière a marché ! Et c'est toi qui me l'a démontré, petite nigaude ! Quand je la garnis de fromage, je perds le fromage. Quand je ne la garnis pas, c'est toi que j'attrape ! Tu dois être la plus stupide petite souris du monde. Et moi, je suis le plus stupide des inventeurs ! Nous formons un joli couple, tous les deux ! »

Il plaça le couvercle dans un coin de son établi, et se pencha à nouveau au-dessus du piège.

« Et tu as un vélo, murmura-t-il. Exactement comme ils me l'ont raconté ! C'est ce qui a dû actionner la bascule. Et quel est ce drôle d'ornement sur ta tête ! Serais-tu par hasard membre du F.B.I., avec un émetteur radio dans ton casque ? »

Janet faillit laisser échapper un cri de joie. La souris au vélo, sa souris, était dans la boîte ! Elle devait s'être cachée dedans quand on avait lâché les chats et posé les souricières. Elle était vivante ! Mais à présent, papa l'avait attrapée.

« Donc la seule souris qui reste, c'est celle qui a abîmé ma baignoire ! continua-t-il. Sauvée par ma souricière ! Que vais-je faire de toi ? Tu as l'air drôlement vive, ma mignonne, avec ton joli casque bleu, pour une souris qui est restée là depuis jeudi soir sans manger une miette. »

M. Berryfield replaça le couvercle sur le piège et posa la main dessus.

« J'aurais dû regarder hier. Mais comment aurais-je deviné qu'une souris entrerait dans une souricière sans fromage ?

Ses doigts tambourinaient sur le couvercle.

« Hé, attention ! fit-il soudain en enlevant sa main. Il ne faut pas tambouriner comme ça ! Ça doit probablement résonner comme des grondements de tonnerre, à l'intérieur. Un inventeur faible d'esprit ne doit pas traiter de cette façon-là une invitée au cerveau fêlé. Ce n'est pas tous les jours qu'on reçoit la visite de la plus stupide souris de Merrimack County ! »

Il contemplait pensivement sa souricière.

« Dieu merci, je me suis levé tôt ! Je pensais avoir une bonne raison d'aller détruire cette stupide invention, sans Dorothea ni Janet dans les parages. Maintenant, j'en ai une meilleure. Si elles savaient que j'ai trouvé leur souris vivante, j'aurais vraiment des ennuis. Déjà qu'elles l'appelaient leur protégée... »

Il s'arrêta.

« Que le diable m'emporte ! Moi aussi, je commence à m'attacher à elle ! »

« Ar-thu-ur ! »

Mme Berryfield l'appelait de l'autre bout de la maison.

Janet ne voulait pas être surprise en train d'espionner son père du haut de l'escalier. Elle revint dans la salle de bains à pas feutrés, décrocha sa brosse et commença à se laver les dents.

La brosse sèche était désagréable au goût, mais avant qu'elle ait pu la passer sous l'eau ou mettre du dentifrice, M. Berryfield montait quatre à quatre les marches de l'escalier. Dans la glace au-dessus du lavabo, elle le vit s'arrêter pile en l'apercevant.

« Janet ! Je ne t'avais pas entendue. Tu t'es levée de bonne heure.

— Oui, j'ai rêvé que notre souris refaisait du vélo dans la baignoire et je suis venue voir. Mais ce n'était pas vrai. Papa..., tu crois que ces chats l'ont chassée pour de bon ? »

M. Berryfield cligna des yeux et hésita. Il ne pouvait pas répondre « oui » sans mentir, et il ne voulait pas non plus répondre « non ». Avant qu'il ait répliqué, Mme Berryfield arrivait à la porte.

« Arthur ! s'exclama-t-elle. Comment as-tu fait pour ne pas me réveiller ? Qu'est-ce que tu fabriques debout, de si bonne heure, un samedi matin ?

— Je bricolais, Dorothea. Je bricolais dans mon atelier. J'ai eu des idées pour cette souricière et ça m'a empêché de me rendormir. Il faut encore une ou deux petites retouches ! »

C'était un matin ensoleillé de fin avril. Il faisait

trop beau pour rester enfermé, cependant Janet avait envie d'aller voir si la souris était vraiment prisonnière. Malheureusement, chaque fois qu'elle rentrait chez elle, son père était à son établi, regardant la souris d'un air pensif.

Janet ne voulait pas qu'il sache qu'elle avait surpris ses paroles du haut de l'escalier, avant le petit déjeuner. Il valait mieux lui laisser croire que personne n'avait percé son secret. Elle devinait qu'il faisait seulement semblant de travailler sur le piège pour pouvoir observer la souris.

« Ne viens pas m'ennuyer, lui dit-il une fois. Quand j'invente, je n'aime pas qu'on me dérange. »

Après déjeuner, il prit un nouveau roman policier, et Janet vit là une bonne occasion. Chaque fois qu'il commençait un de ces livres, il n'en décollait pas pendant au moins une heure. Elle se faufila dans l'escalier de la cave, furtivement, avec une soucoupe pleine d'eau pour la souris et la moitié d'un toast qu'elle avait réussi à glisser dans sa poche, au petit déjeuner. Elle s'approcha de la souricière et souleva le couvercle, les doigts tremblants.

Et là, sur le grillage, se trouvait Octave, assis sur son derrière comme un écureuil. Son nez était enfoui presque jusqu'aux yeux dans un morceau de fromage si gros qu'il devait le tenir entre ses deux pattes de devant. A côté de lui il y avait un petit morceau de pain blanc dont presque toute la croûte avait été rongée, et une assiette de lait.

Qui avait bien pu lui apporter à manger ?

18

M. BERRYFIELD savait très bien qui avait nourri la souris. Lui ! Mais ce soir-là, en buvant son café, après le dîner, il en était toujours à se demander pourquoi il avait fait ça. Avait-il été attendri par cette petite bête assez stupide pour s'être fait prendre dans une souricière sans fromage ? Ou bien lui était-il reconnaissant d'avoir démontré que son piège fonctionnait ?

Il avait dîné en silence, tout en ressassant les questions qui l'avaient assailli toute la journée : pour quelle raison, ce matin, avait-il donné à manger à la souris ? Qu'allait-il en faire ?

Voilà bien la dernière chose au monde dont il pouvait discuter avec Mme Berryfield et Janet. Elles ne devaient absolument pas apprendre que la souris au vélo avait échappé aux chats et se trouvait dans son atelier, à la cave. Il but le reste de son café et reposa la tasse.

« A quoi penses-tu, Janet ? interrogea-t-il. Tu n'arrêtes pas de me regarder comme si tu étais sur le point de dire quelque chose, mais tu n'as pas placé un mot de tout le dîner.

— Ah bon ? dit Janet, feignant la surprise. Eh bien, je me demandais ce que tu ferais, papa, si tu découvrais que notre protégée était toujours dans la maison.

— Si je découvrais... ? »

Qu'est-ce qui lui passait par la tête de poser une question pareille ?

« Si je découvrais votre protégée ? répéta-t-il. Mais Janet, comment pourrait-elle être encore ici ? Pourquoi demandes-tu ça ? Tu l'as vue ou entendue ?

— Tu ne loueras plus ces chats ? Hein, papa ? »

M. Berryfield recula sa chaise. Il ramassa une miette de pain sur ses genoux et la jeta dans sa tasse de café vide. Puis il replia sa serviette et la posa sur la table.

« Ça dépend, dit-il enfin.

— De quoi ? s'enquit Mme Berryfield.

— Oh ! répliqua M. Berryfield en se levant, de plusieurs choses : s'il y a vraiment un vélo, par exemple.

— Tu veux dire, insista Janet, que s'il y a un vélo, tu ne le feras plus ?

— Plus quoi ? »

Il fronçait les sourcils.

« Tu ne loueras plus de chats pour chasser les souris ?

— Oh ! ça dépend de bien d'autres choses encore. Par exemple, a-t-elle vraiment rayé ma baignoire ? Et si j'avais pitié d'elle et que je renonce à m'en débarrasser, est-ce qu'un jour en rentrant je ne la retrouverais pas à la maison, apprivoisée ? »

Et il leva les bras au ciel.

« Une souris apprivoisée ! Parcourant la maison sur un vélo ! Seigneur ! »

M. Berryfield eut l'impression que la soirée s'étirait interminablement. Il avait pris une décision pour la souris mais il ne pourrait la mettre à exécution que lorsque sa femme et sa fille dormiraient. Ce serait plus facile si elles n'en savaient rien. Allongé dans son lit, complètement immobile, aux aguets, il attendait.

La maisonnée devint si calme qu'on aurait entendu une feuille tomber dans l'allée du jardin. Aucun bruit ne lui parvenait de la chambre de Janet. Depuis dix minutes, sa femme respirait profondément et régulièrement.

Il se glissa hors du lit. La lune qui brillait à travers les fenêtres l'éclairait suffisamment, et il trouva sans peine son chemin jusqu'à la cave. Quelques instants plus tard, il avait pris le piège à bascule et sortait en le tenant précieusement à deux mains, comme un plat de dinde le jour de Noël.

La nuit était exceptionnellement douce pour le

mois d'avril, et il espérait qu'aucun voisin n'était sorti faire un tour. M. Berryfield ne voulait rencontrer personne ni même être aperçu se promenant à une heure pareille, en pyjama et en pantoufles, avec ce qu'il portait ! Il courut dans l'allée jusqu'au sycomore. Il jeta un coup d'œil dans la rue. Aucune lumière dans les maisons voisines. Le trottoir de béton avait des reflets argentés au clair de lune.

D'arbre en arbre, d'ombre en ombre, M. Berryfield se faufila sur le bord de la chaussée, tantôt marchant, tantôt courant, et il arriva ainsi au bout de la rue. Là, il s'arrêta sous un gros érable. Au-delà, il n'y avait plus d'endroit où se cacher. Rien que le clair de lune.

Il posa la souricière par terre et reprit sa respiration. Une brise légère faisait bruire les feuilles de l'érable et flotter les jambes de son pyjama. Il frissonna.

Sous l'arbre, malgré l'obscurité, il voyait la souris étendue près du vélo. Le fromage et le lait avaient disparu et la tranche de pain avait été grignotée en fine dentelle. La souris était allongée sur le côté, son casque bleu sur la tête et son attirail bizarre à la queue. Comment arrivait-elle à dormir, ainsi ficelée ?

Tandis que M. Berryfield l'observait, Octave étira ses membres postérieurs, roula sur lui-même et se mit sur ses pattes. Un rayon de lune traversa les feuilles et la calotte du casque bleu électrique étincela comme un minuscule miroir.

« Tu ne sais pas à quel point tu as de la veine, souris, murmura M. Berryfield. J'aurais tué avec joie le vandale qui a saccagé ma baignoire, mais je ne peux pas m'empêcher d'avoir un faible pour toi,

petite tête en l'air. Eh oui, tu t'es laissée prendre dans ma stupide souricière, et je t'aime bien. Ce matin, je t'ai apporté de la nourriture en cachette, et maintenant... je te rends ta liberté ! »

Octave levait des yeux méfiants sur l'homme qui lui parlait.

« Oui, oui, déclara M. Berryfield en hochant la tête. On m'a dit que la souris qui a rayé ma baignoire fait du vélo et a un pansement à la queue. Chut ! N'en parlons plus ! C'était avant-hier, c'est du passé... »

Il inclina doucement la souricière.

« Aujourd'hui, tu as été mon invitée : tu es libre ! »

M. Berryfield recula un peu et attendit que la souris descende sur le trottoir. Il eut l'impression de n'avoir jamais été aussi ridicule que maintenant, en pyjama, au milieu de la nuit, en train de rendre la liberté à une souris !

Octave ajusta son casque et monta sur son vélo. Il n'avait pas l'intention de donner à son geôlier l'occasion de changer d'avis. Il avait tout juste le temps de se rendre au vélodrome où aurait lieu le championnat régional, le lendemain soir.

La panique l'envahit quand il prit conscience qu'il était peut-être plus de minuit. Dans ce cas, le championnat n'aurait pas lieu le lendemain, mais le jour même !

Il se dressa sur ses pédales, sans regarder derrière, et il sprinta le long du trottoir, en direction des grandes portes de Bel Air Park.

Jusque-là, M. Berryfield n'avait jamais vu Octave faire du vélo. Quelle stupéfaction ! Pas étonnant que sa femme et sa fille se soient attachées à ce petit prodige !

« Si je n'avais pas juré de m'en débarrasser, pensait tristement M. Berryfield, et si elle n'avait pas abîmé ma baignoire... Enfin, la voilà partie. Il est trop tard, maintenant. Et après tout, ce n'est qu'une souris ! »

19

PRÈS d'une semaine avait passé, et l'on était vendredi soir. De la lune il ne restait plus qu'un mince croissant, qui commençait à dispa raître derrière les branches des arbres. Une douce brise flottait entre les maisons de Bel Air Park, froissait les feuilles et agitait doucement les rideaux des fenêtres ouvertes.

Dans l'allée, Octave descendit de son vélo et le posa contre une tulipe, devant la maison des Berryfield.

Il s'assit sur le gazon, sous le sycomore, et fit glisser son casque. Sa queue pansée reposait légèrement sur l'herbe fraîche.

La nouvelle plume dorée fixée sur le devant de son casque paraissait maintenant aussi fatiguée et aussi mal en point que lui. Cela valait-il la peine d'avoir gagné ? Dans l'effervescence de dimanche dernier, il lui avait semblé que oui, mais depuis lors, il n'avait pas eu une seule bonne nuit de sommeil, et il avait trop mangé. Des dîners, des voyages, des dîners, des voyages, telle avait été sa vie depuis sa victoire au championnat régional.

On avait réclamé partout le nouveau champion, et sa popularité était doublée du fait qu'il avait triomphé avec un pansement à la queue. Une douzaine de villes l'invitaient à des critériums.

L'hebdomadaire des souris, *Grignoti-Hebdo*, avait imprimé un grand article expliquant comment le champion avait surmonté son handicap et semé tous ses adversaires. Il mentionnait même l'accident survenu à la queue du grand-père d'Octave et les courageux efforts du vieux Rufus pour essayer de la recourber joliment. « Une école de courage : sa famille ! » annonçait le gros titre.

Bien sûr, tout le monde s'était demandé comment le champion s'était blessé la queue. Quelqu'un avait raconté qu'il avait fait une chute en essayant d'attraper un train ! Etait-ce vrai ? avait questionné un reporter. Octave avait répondu en souriant que l'histoire était à peu près exacte, qu'il avait, en effet, manqué un trou, mais qu'il n'avait pas vraiment essayé de l'avoir. Le reporter avait bien remarqué qu'il avait dit « trou » au lieu de « train », seulement il avait pensé que le champion était enrhumé et il n'avait plus posé de questions.

Tant mieux ! Octave aurait préféré renoncer à sa cocarde de champion et à sa plume plutôt que de reconnaître qu'il avait fait la *Descente Infernale du Rio Grande* sur une nouvelle piste sans s'assurer d'abord que le terrain était dégagé.

Nuit et jour, depuis qu'il avait gagné le championnat, il avait rêvé de fuir ces longs discours, ces grands dîners, ces lits d'hôtels défoncés, et de retourner à cette magnifique baignoire blanche aux bords lisses et recourbés.

Et maintenant, il était de retour ! Quel dommage qu'une maison avec une aussi belle piste ait des habitants ! Bien sûr, la petite fille qui s'appelait Janet et sa mère seraient contentes de le revoir. Mais le père de la petite fille ? Cet homme était une véritable énigme.

« D'un côté, songeait Octave, quand j'étais si affamé que je rongeais les poignées de mon guidon, il m'a apporté du pain, du fromage et du lait. Il m'a bien traité d'idiot, mais il a ajouté qu'il ne valait pas mieux. Peut-être était-il heureux de rencontrer quelqu'un d'aussi idiot que lui. Et puis, au moment où je croyais qu'il m'aimait bien, crac ! il me jette dehors ! »

Etait-il un de ces louches individus qui désapprouvent les courses de vélos et refusent d'y assister ?

« S'il pouvait me voir, pensait le champion, s'il pouvait me voir rien qu'une fois courir sur cette piste magnifique, je parie qu'il serait content que je reste chez lui. Il ne me traiterait plus de souris la plus idiote de Merrimack County. »

Rentrer dans la maison lui prit toute la nuit. En

l'absence d'Octave, M. Berryfield avait découvert tous les trous de souris et les avait hermétiquement bouchés ; aussi le soleil brillait haut dans le ciel lorsque le champion eut fini de creuser un trou assez large pour pénétrer dans la cave avec son vélo. Il n'avait pas rongé de bois depuis des semaines et il trouva les bouchons de M. Berryfield plus difficiles à entamer que des poulets rôtis et des éclairs. Mais finalement, il réussit.

Il reconnut à peine l'atelier. On avait balayé le sol, et les outils de M. Berryfield étaient accrochés contre leurs silhouettes dessinées sur le mur. Une boîte qui ressemblait fort au piège à bascule se trouvait sur l'établi.

Par chance, la longue planche était toujours posée à côté de l'escalier. Octave poussa son vélo jusqu'au palier où un rai de lumière indiquait que la porte de la salle de bains n'était pas complètement fermée. Il resta là, essoufflé, aux aguets.

Aucun bruit ne venait de la pièce. L'instant d'après, il était rentré sans problème et avait commencé à escalader le pied du porte-serviettes.

Ce fut encore plus fatigant que de grimper la planche sur l'escalier. Il soufflait, transpirait et il dut s'arrêter plus d'une fois. Pourtant, il avait des démangeaisons dans les pattes rien que de penser aux fantastiques huit qu'il allait effectuer sur la piste lisse et blanche. Janet et sa mère viendraient-elles le regarder ? Peut-être cette fois y aurait-il aussi M. Berryfield ? Il verrait bien lequel des deux était l'idiot.

Octave arriva enfin au sommet du porte-serviettes, là où il pouvait passer sur la baignoire. Il regarda de l'autre côté.

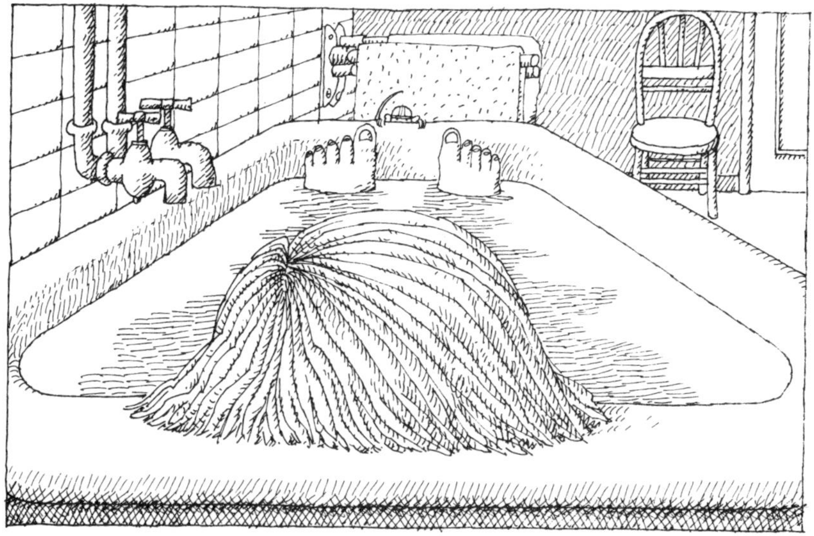

Mille matous !

La baignoire était pleine d'eau savonneuse. Et dedans... il y avait M. Berryfield, la tête appuyée contre la paroi et le menton à moitié immergé ! L'eau lui arrivait presque à la bouche. Il avait remonté ses lunettes sur le front et fermait les yeux. Un sourire serein illuminait sa figure.

Soudain, sa main sortit de l'eau et vint gratter son oreille. Puis elle disparut à nouveau. Ses yeux étaient restés fermés.

« Bien, songea Octave, ça règle la question. Mais puisque je suis là, je vais me débarrasser de mon embonpoint en faisant quelques tours sur le bord. Ce bonhomme a l'air inoffensif. S'il ouvre les yeux, il aura un spectacle gratuit et moi, j'y gagnerai un ami ! »

Pendant cette semaine d'absence, le champion avait oublié quel délice c'était de rouler sur une surface brillante et lisse comme de la crème.

Chaque fois qu'il venait frôler la tête de M. Berryfield, il manœuvrait avec précaution pour éviter quelques longues mèches de cheveux qui dépassaient sur le bord de la baignoire. Il roulait doucement, sans se fatiguer, jusqu'à connaître presque par cœur les virages et le temps qu'il mettait à les parcourir.

Il aurait aimé pouvoir continuer ainsi sans s'arrêter, lorsque... horreur ! il se surprit en train de fermer les paupières dans un virage !

« Oh ! là là ! marmonna-t-il, attention ! Je suis devenu gras et insouciant. Ces tours m'endorment. »

Mais malgré lui, il se remit à somnoler.

Et soudain — il ne sut pas comment c'était arrivé parce que ses paupières s'étaient à nouveau affaissées — son pneu avant accrocha un cheveu de M. Berryfield. Aussitôt, le cheveu s'enroula autour de l'axe de la roue et cassa.

20

« OUILLE ! » cria M. Berryfield.

L'un de ses bras jaillit de l'eau savonneuse, en éclaboussant partout. Il tapota le sommet de son crâne, ce qui fit valser ses lunettes dans le bain.

Tandis qu'il les cherchait à tâtons, quelque chose d'autre retint son attention... Une chose incroyable ! On aurait dit une souris qui faisait du vélo à l'autre bout de la baignoire.

Et cette chose incroyable se dirigeait vers lui ! C'était bien une souris sur un vélo ! De plus, son propre cheveu venait fouetter l'émail à chaque tour de la roue avant.

Il avait retrouvé ses lunettes. Ruisselantes et savonneuses, elles ne lui étaient plus d'aucun secours ! Il resta là, à contempler ce spectacle étonnant, en les gardant à la main.

N'importe qui d'autre se serait estimé heureux de se trouver ainsi aux premières loges. Mais le souriceau lui apparaissait tantôt brouillé, lorsqu'il filait à côté de lui, tantôt net lorsqu'il passait au-dessus de ses doigts de pieds.

Le vélo roulait, roulait toujours autour de M. Berryfield, comme s'il l'enveloppait dans une toile aux fils invisibles.

S'agissait-il de la souris qu'il avait trouvée dans son piège à bascule et mise à la rue, samedi dernier ? Si oui, pourquoi était-elle revenue et comment ? Et si elle tombait par terre, ou pire, dans la baignoire ?

Tandis qu'il s'inquiétait à ce sujet, les lunettes glissèrent de ses doigts et disparurent dans l'eau une deuxième fois. Pendant qu'il explorait le fond de la baignoire pour les retrouver, sa main rencontra par hasard quelque chose de mou, à moitié fondu. Du savon ! Il devait être tombé pendant son roupillon.

Il se rappela que la souris avait dérapé sur un morceau de savon.

« C'est ta faute, lui avait dit sa femme. Et si ça continue, un jour ou l'autre, l'un de nous glissera et se cassera une jambe ! »

Décidément, il lui fallait dénicher une bonne fois pour toutes un porte-savon qui s'harmoniserait avec la forme désuète de la baignoire.

D'une main, M. Berryfield trouva ses lunettes, de l'autre il pourchassa le pain de savon et finit par l'attraper. Il ne voulait pas le mettre sur le bord de peur qu'il ne glisse à nouveau ou que la souris ne vienne buter dessus. Aussi, il se redressa avec précaution, se pencha en avant et le posa en équilibre sur le robinet d'eau froide.

Insouciant, Octave continuait à tourner.

« Eh bien, chuchota M. Berryfield, tu es une petite téméraire. Vraiment, tu n'as peur de rien ! »

Il chercha à tâtons la chaîne du bouchon de caoutchouc, la tira et l'enroula autour du robinet d'eau chaude. Lentement, la baignoire se vida avec force gargouillis. M. Berryfield en profita pour sortir du bain. Puis il s'essuya et s'habilla.

« Maintenant, ma mignonne, dit-il, comment crois-tu que je vais pouvoir rincer et essuyer cette authentique antiquité si tu fais des tours de manège sur le bord ? »

« La rincer et l'essuyer ? pensa Octave. Magnifique ! »

Il avait lorgné avec une moue dégoûtée les traces grisâtres dans le fond de la baignoire. Si cet homme voulait vraiment lui nettoyer la piste, il fallait peut-être se féliciter, après tout, d'avoir des habitants dans la maison !

Il arrêta son vélo. Tandis que M. Berryfield rinçait la baignoire, l'essuyait et l'astiquait avec une serviette, le petit champion désenroula le cheveu de la roue avant et desserra la mentonnière de son casque.

Il se pencha en avant jusqu'à ce que le fil de nylon soulève sa queue en sandwich. Il était fin prêt.

M. Berryfield en avait terminé avec la baignoire, qui étincelait à présent comme un miroir. Il s'assit sur ses talons et l'admira. Si seulement on pouvait faire disparaître cette rayure...

Octave redressa fièrement la tête, comme un champion, et posa sa patte sur la pédale. Il regarda à gauche, puis à droite, et appuya sur la poire en caoutchouc de son klaxon.

Touit ! Touit !

Et avant que M. Berryfield ait deviné ce qui se passait, Octave descendait la pente en roue libre. Il agitait triomphalement une main tout en conduisant de l'autre.

Quelque chose fit « tilt » dans la tête de M. Berryfield.

« Je dois l'arrêter ! marmonna-t-il. Elle est folle ! Elle va s'écraser ! »

Mais il restait pétrifié sur place.

« Ah ! je vais m'écraser ? » se dit Octave avec un rire étouffé.

Le souriceau évita largement le trou en freinant à peine et revint à toute allure vers le fond de la baignoire. Et puis un, et puis deux, et puis trois, quatre huit ! De plus en plus vite ! de plus en plus haut !

« Voilà ! exultait-il en frôlant le bouchon de son oreille. Voilà à quoi on distingue les coureurs du dimanche des vrais champions ! »

Mais il manquait quelque chose à son numéro. Les boucles de ses huit restaient toujours les mêmes, et dans les virages, il ne montait plus. Il avait beau essayer... en vain. Ses jambes lui semblaient lourdes, molles et flasques comme des spaghetti bouillis.

« J'aurais dû m'y attendre, se dit-il. Manger ces plats copieux, veiller si tard ! Cela suffirait à démolir le plus grand champion. »

Ah ! s'il pouvait s'arrêter pour se reposer... mais pendant que M. Berryfield l'observait, jamais !

Avant sa victoire au championnat de Merrimack County, Octave s'était fait un point d'honneur de ne paraître fatigué en aucune circonstance. Qu'importe s'il était prêt à s'écrouler d'épuisement sur son guidon ! Il redressait fièrement la tête et les oreilles jusqu'à la fin de la course !

Il y a des coureurs qui cabotinent pour montrer combien ils pédalent dur, combien ils sont fatigués... Evidemment, s'ils veulent avoir l'air pathétiques et être plaints, ils y parviennent. Octave, lui, désirait autre chose : être admiré pour son courage et son endurance. Si les spectateurs se disaient entre eux : « Celui-là, c'est vraiment l'as du vélo ! », il avait gagné !

Les perdants peuvent se permettre de s'affaler sur leur guidon. Pas les grands champions !

M. Berryfield s'impatientait.

« Alors, tête en l'air, grommelait-il, vas-tu me décevoir ? Voilà tout ce que tu sais faire ? Juste aller et venir ? »

21

IL Y AVAIT comme une pointe de menace dans la voix de M. Berryfield. Cela rappela à Octave qu'il ne s'exerçait pas pour son plaisir. S'il ne méritait pas les applaudissements de M. Berryfield, il ne roulerait plus jamais sur la plus belle piste du monde. Il en était certain.

« Ce n'est pas le moment de flancher, pensait-il. Ce Berryfield croit que je ne sais qu'aller et venir. Il va voir ce qu'il va voir ! »

Soudain, Octave appuya de tout son poids ses pattes fatiguées sur le pédalier. Ses articulations et ses tendons lui faisaient mal, mais il serrait les dents en pensant :

« Vas-y ! Vas-y, petit ! »

Plus vite, plus vite, encore plus vite ! Des montées, des descentes, des virages, des lignes droites au fond de la baignoire et de fantastiques huit qui s'étiraient comme des élastiques !

Zwing, Yaouh ! Zwang, Yoho ! Zwing, Yaouh ! Zwang, Yoho !

Un peu plus haut, un peu plus vite. Rien qu'un petit peu, rien qu'un petit peu plus pour atteindre le bord.

Appuyé contre la paroi de la baignoire, M. Berryfield était frappé par la lueur qui brillait dans l'œil du souriceau et par ses mâchoires serrées. Il ne voulait pas intervenir. Toute tentative pour arrêter le vélo ou l'attraper provoquerait une catastrophe. Et M. Berryfield commençait à souhaiter que la souris réussisse dans sa folle entreprise.

« Vas-y, souris ! chuchotait-il. Vas-y ! »

Une énergie nouvelle courait dans les pattes d'Octave. Le vélo fonçait. L'air sifflait à ses oreilles.

« Bonté divine ! s'exclama M. Berryfield. Qu'est-ce qui arrive à ta queue ? »

« Ma queue ? »

Les pattes d'Octave se crispèrent. S'était-elle détachée ? Il ne sentait plus son poids peser sur la canne à pêche ni sur sa mentonnière.

« Souris ! s'écria M. Berryfield. Ta queue ! Tu vas si vite qu'elle se soulève ! Tu vas t'envoler ! »

C'était donc ça ! Maintenant Octave savait pourquoi il se sentait si libre et si léger. Sa queue pansée ne pendait plus à la canne à pêche du docteur Potts comme un poids mort. La ligne s'était relâchée et il put tourner la tête une seconde pour regarder.

Quel spectacle ! Sa queue de castor planait comme si elle ne pesait plus rien du tout !

Et le vélo gagnait de la vitesse. Il montait plus haut dans les virages et filait plus vite dans les lignes droites. Malgré lui, M. Berryfield tressaillait chaque fois qu'il passait. Qu'adviendrait-il si le souriceau perdait le contrôle de son vélo et était éjecté hors de la baignoire ?

Lorsque le coureur en fut à son dixième ou à son vingtième tour, M. Berryfield se détendit et tambourina joyeusement sur le bord de la baignoire.

Le vélo et le souriceau lui-même se mirent à vibrer.

« Allons ! se dit Octave, maintenant, je vais lui montrer ce que peut faire un champion ! »

Un tournant, la ligne droite. Un tournant, une montée, la ligne droite à nouveau. Hop, hop, hop !

« Vas-y ! Vas-y ! Vas-y ! » chuchotait encore M. Berryfield.

« Il sait que je vais y arriver, pensait le champion. Très bien, Octave, mon petit : vas-y ! »

Des robinets, il fila dans la ligne droite, attaqua la pente en oblique et il se retrouva sur le bord de la baignoire dont il faisait déjà le tour avant même que M. Berryfield ait pris conscience de ce qui se passait.

« Tu as réussi ! hurla M. Berryfield en enlevant brusquement ses mains du bord, juste à temps. Tu as réussi ! Hourra, souris ! »

On entendit quelqu'un courir dans le couloir.

« Arthur ! Arthur ! Tu m'as appelée ? » cria Mme Berryfield derrière la porte fermée de la salle de bains.

« Si je t'ai appelée ? Pourquoi ? Tu as cru que je me noyais ?

— Non, mais... j'ouvrais la porte à des visiteurs quand j'ai cru t'entendre.

— Des visiteurs ? Un samedi matin ?

— Eh oui, des visiteurs ! Ils sont venus te parler. Viens dès que tu pourras. »

M. Berryfield ne savait plus à quel saint se vouer. Où cacher la souris en attendant le départ des visiteurs ? Il ne fallait pas que Dorothea et Janet la trouvent.

Pourquoi ne pas la mettre dans le piège à bascule ? Il n'y avait pas plus sûre cachette.

M. Berryfield pointa un doigt menaçant en direction d'Octave.

« Attends-moi là, tête en l'air, dit-il. Je ne serai pas long. »

Et il disparut dans l'escalier de la cave.

Cette étrange conduite alarma Octave. Que mijotait le bonhomme ? Etait-il vraiment sage de l'attendre ? Mais les grands champions ont l'habitude de prendre des décisons rapides.

Lorsque M. Berryfield revint avec le piège à bascule, il ne vit plus ni souris ni vélo. Il examina l'intérieur puis l'extérieur de la baignoire. Il se mit à quatre pattes, et regarda derrière les trois pieds de lion et la pile de livres de poche. Il inspecta tout le sol sous la baignoire. Rien !

« J'espère quand même que cette tête en l'air n'est pas tombée dans le trou, marmonnait-il. Je ne vois rien d'autre. »

Il n'eut pas le temps de chercher plus longtemps. Mme Berryfield revint frapper à la porte pour lui rappeler que des visiteurs l'attendaient.

« Je viens, je viens », dit-il.

Il secoua la tête, perplexe, laissa le piège par terre, près de la baignoire et sortit en fermant bien la porte derrière lui.

22

OCTAVE n'était pas tombé dans le trou. Il n'avait pas disparu, il ne se cachait pas vraiment, simplement il était en train de descendre par le porte-serviettes avec son vélo, et une serviette pendait entre lui et M. Berryfield.

Il atteignit le sol au moment précis où se referma la porte de la salle de bains, et il s'arrêta pour se reposer. Porter son vélo dans cette pente raide lui avait fait mal aux pattes.

Comment le père de Janet pouvait-il penser qu'il était tombé dans le trou ? L'outrecuidant Gontran lui-même ne se serait pas montré aussi idiot !

« Ce Berryfield ! marmonna Octave. C'est l'homme le plus têtu que j'aie jamais rencontré. Il a décidé que j'étais une tête de linotte, tout ça parce que je suis tombé dans son piège à bascule. A propos de piège, ne serait-ce celui-là, justement ? »

Octave venait d'apercevoir la souricière que M. Berryfield avait laissée là. Il ne l'avait vue qu'une fois, dans la cave sombre. Ici, dans la salle de bains, cette boîte semblait différente, pourtant elle avait à peu près la même taille, avec le même genre de porte, sur l'un des côtés.

« Si c'est ma vieille cachette, songea-t-il, je m'en rendrai compte en regardant à l'intérieur. »

Il passa le nez par la porte. C'était bien la souricière en question avec l'odeur du fromage-qui-n'était-plus-là toujours aussi pénétrante. Après toutes les nourritures trop riches qu'il avait mangées, cela sentait bon le repas-maison. Il se demanda s'il n'en restait pas quelques miettes.

Il n'y avait pas de raison pour qu'un souriceau intelligent, un champion régional, n'escalade pas la bascule pour s'en assurer. Octave savait exactement où il pouvait aller sans que son poids déclenche le mécanisme. Alors, pourquoi ne pas essayer ?

La porte lui sembla plus étroite, beaucoup plus étroite que dans son souvenir. Il réussit à s'y glisser en se courbant, en inclinant son casque pour ne pas être gêné par la canne à pêche et en serrant son vélo contre lui ; puis, dans l'obscurité, l'odeur de fromage le guida.

« Il faut que je m'arrête lorsque je verrai l'étagère, au bout, se dit-il. C'est là qu'on bascule. On ne m'y reprendra plus. »

Il grimpa la galerie sans crainte jusqu'à ce que son nez touche l'étagère. L'odeur du fromage-qui-n'était-plus-là était si forte qu'il pouvait presque en sentir le goût !

Sa tête chavira... mais pas à cause de l'odeur !

L'extrémité de la bascule descendit, trop brusquement pour lui laisser le temps de reculer. Elle s'abattit sur le sol du piège, et Octave, médusé, roula avec son vélo exactement comme la première fois. Quand la balançoire se remit en position, avec un « clic », il ne leva même pas les yeux. Il resta étendu, face contre terre, serrant les dents et battant le grillage de ses poings.

« Idiot ! Triple idiot ! Je suis gras et idiot ! La bascule est comme avant, mais pas moi. J'aurais dû m'en douter, au mal que j'ai eu à rentrer. Après tous ces repas, je dois peser autant que deux souris. Et je suis idiot pour trois ! Gras double et triple idiot, me voilà ! Le champion des nigauds de Merrimack County ! »

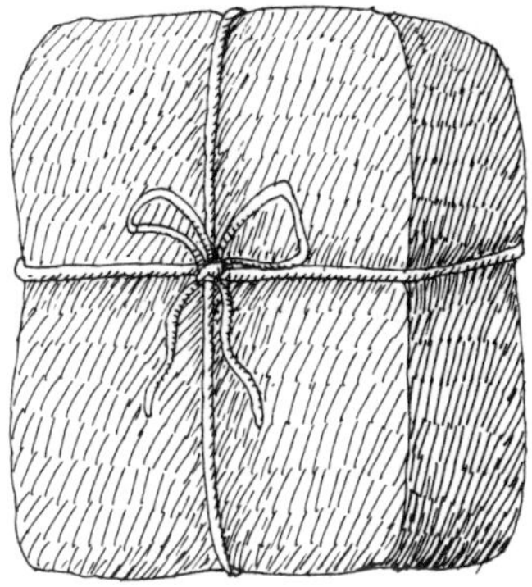

23

M. BERRYFIELD trouva Harry, Silvester Pye, Bangs le forgeron et le dentiste, M. Norton, dans la salle à manger. Ils souriaient tous les quatre, d'un air gêné et gardaient les mains derrière le dos. Le docteur Potts était là aussi, et tripotait son stéthoscope.

« M. Berryfield, commença M. Norton, nous... »

Il rougit.

« Excusez-moi. Papa Bangs, vous alliez le dire...

— Eh bien, monsieur, dit le forgeron en essuyant son crâne chauve, nous voulions dire... »

Il toussa et fixa le tapis.

« Nous voulions que vous sachiez... Oh, zut ! Pye, tu fais ces choses-là mieux que moi. Parle-lui. »

Le vieil horloger ouvrit la bouche, la ferma, fronça les sourcils et regarda Harry.

« Mets-moi sur la voie.

— Une surprise... »

M. Pye s'illumina.

« Oh ! oui, une surprise pour les Berryfield !

— Pour M. Berryfield.

— Pour M. Berryfield ? répéta Silvester Pye. Non, je n'y suis plus. »

Bangs le forgeron ne pouvait plus supporter cette attente.

« Oh ! et puis zut, éclata-t-il. Voilà pour vous ! »

Il tendit à M. Berryfield un paquet mal emballé.

« Attention, dit-il. C'est lourd.

— En voici un autre, fit Harry en lui donnant un paquet encore plus grand. C'est plus léger. »

Abasourdi, M. Berryfield attendait que sa femme et sa fille, qui venaient d'apparaître sur le seuil, lui fournissent une explication.

« Mais ce n'est pas mon anniversaire, dit-il. Qu'est-ce que nous fêtons ? »

Il lui vint l'idée folle que cela pouvait avoir un rapport avec la souris.

Silvester Pye se souvint que lui aussi tenait un cadeau derrière son dos. Il attrapa M. Berryfield par la manche.

« Voici mon cadeau », dit-il.

Et il lui mit dans la main un tout petit paquet.

« Il est plus grand qu'il n'en a l'air. »

M. Berryfield restait sans voix. A la fin, Harry rompit le silence.

« Il faut qu'on vous explique. Voilà. Aucun de nous quatre n'a vraiment cru Janet quand elle nous a demandé de l'aider à réparer un vélo de souris. On pensait que c'était une blague... comme vous, M. Berryfield, quand on vous a dit qu'on était venus voir une souris faire du vélo. Puis, on a découvert que c'était vrai de vrai. Fantastique ! Que j'avale mon guidon si c'était du bidon ! Et en plus, c'était gratis, parce qu'on était pas chez nous. Et c'était pas non plus notre baignoire qui risquait de se rayer. Mais pour vous, c'était beaucoup moins drôle, parce que la baignoire, elle était à vous ! Tout ce que vous avez vu, ça a été la rayure ! »

Harry s'arrêta, jeta un coup d'œil à Janet et se retourna vers M. Berryfield.

« Et quand on a appris que cette incroyable souris avait échappé aux chats...

— Quoi ? » coupa M. Berryfield.

Comment avaient-ils appris que lui, Arthur Berryfield, avait trouvé la souris dans le piège à bascule, samedi dernier ? Est-ce que Janet l'avait entendu parler à la souris, ce matin-là ? Savaient-ils qu'il avait également nourri et libéré sa prisonnière ? M. Berryfield toisa Harry d'un air furibond.

« Qui est-ce qui vous a raconté ça ? »

Harry chercha ses mots.

« Eh bien, j'ai deviné que... Je... Quelqu'un m'a dit... Mais c'est vrai, non ? Les chats ne l'ont pas trouvée ? Elle s'est échappée ?

— Comment pourrais-je savoir si les chats l'ont trouvée ? grommela M. Berryfield. Peut-être que oui, peut-être que non. Si oui, ils l'ont probablement mangée avec les roues et tout le reste... si vraiment elle avait un vélo. Quelle importance ? Vous croyez que je vais perdre la tête pour une souris, comme vous ?

— Non, répondit Harry, mais... Eh bien, la semaine dernière, cette championne nous a donné une grande représentation, et vous seul vous avez payé, mais sans la voir. On a réfléchi ensemble et on a décidé qu'on voulait vous montrer notre...

— Gratitude ! »

Le mot avait jailli des lèvres de Silvester Pye.

« Donc, termina Harry, nous vous avons apporté ces cadeaux.

— Ouvre-les, papa ! dit Janet. Ouvre-les ! »

M. Berryfield se détendit.

« Très bien, dit-il. Il me tarde de les voir. »

Le paquet du forgeron était bien lourd, comme il l'avait dit. Janet le défit sur le tapis, et lorsque le cadeau (un objet de forme étrange, peint en blanc) roula avec un bruit sourd, M. Berryfield se demanda ce que cela pouvait être.

Il le ramassa, le soupesa, le tourna d'un côté, de l'autre. Soudain, il comprit.

« Dorothea ! s'écria-t-il. Regarde ! Tu vois ? Un pied ! Un pied d'animal en... diable ! on dirait du fer !

— Ouais ! c'est du fer, affirma Bangs.

— Mais... c'est pour quoi faire ? demanda Mme Berryfield, décontenancée.

— Pour quoi faire ? »

M. Berryfield hurlait presque.

« Pour ma baignoire, bien sûr ! Un vrai pied à la place de cette pile de livres. Monsieur Bangs, vous êtes un chef ! Où avez-vous trouvé ce pied ? Pensez-vous qu'il ira ?

— Ça devrait. Je l'ai fait moi-même. Essayez voir. »

M. Berryfield se dirigea vers la salle de bains, suivi des autres. Devant la porte fermée, il se rappela que la souris se trouvait probablement à l'intérieur. Trop tard pour dénicher une excuse qui lui permettrait de ne pas entrer. Il ouvrit la porte tout doucement. Pas de souris en vue !

Pendant que Bangs soutenait la baignoire, M. Berryfield déplaça la pile de livres gondolés et glissa le nouveau pied à la place.

« Magnifique ! dit-il. Mais il est différent des autres, non ? Ceux-ci sont des têtes de lion. Et celui-là ?

— Un pied de souris ! répondit Bangs avec orgueil. Parce que cette souris à un cœur de lion !

— Il va à la perfection ! »

M. Berryfield caressait le nouveau pied.

« On m'a aidé à le faire », reprit Bangs, en adressant un clin d'œil à Janet.

Ensuite, on ouvrit le cadeau d'Harry. M. Berryfield le brandit. C'était une sorte de petite grille.

« Regardez ! dit M. Berryfield. Pour les éponges !

— Et pour le savon, ajouta Mme Berryfield. Maintenant, plus personne n'en laissera tomber au fond de la baignoire au risque de faire déraper les vélos. »

Le porte-savon aussi allait à la perfection. Janet avoua l'avoir essayé, une fois, pendant que ses parents étaient sortis, en même temps que le nouveau pied de Bangs le forgeron. Harry avait fabriqué ce porte-savon à partir d'un panier à vélo. Se rappelant combien la souris aimait rouler sur le bord de la baignoire, il avait donné aux bras du porte-savon la forme de portillons de croquet, arrondis au milieu, pour qu'une souris ait assez de place pour passer librement au-dessous.

« Au cas où elle reviendrait », murmura Harry.

Et qu'y avait-il dans le minuscule paquet de Silvester Pye ? Tandis que M. Berryfield l'ouvrait, le vieil horloger lui dit timidement que cela lui apporterait peut-être plus d'ennuis qu'autre chose.

C'était un ressort d'horloge avec un crochet à chaque extrémité.

« Voyez, expliqua M. Pye. Vous accrochez l'un des bouts au robinet et l'autre bout à l'anneau du bouchon de caoutchouc, comme ceci. Maintenant, quand vous mettez le bouchon, le ressort s'étire... Voyez ! Et quand vous l'enlevez... »

Twang ! Le ressort tira d'un coup sur le bouchon qui remonta juste sous le robinet d'où il se mit à pendouiller.

« Voilà qui est moins dangereux, dit Silvester Pye. Vous ne trouvez pas ? Quand votre souris tournait dans la baignoire, elle passait parfois derrière la chaîne et je n'arrêtais pas de me dire : si elle se cogne contre le bouchon, elle va s'assommer ! »

M. Berryfield se demanda si le ressort de Silvester Pye ne risquait pas, un de ces jours, de lui déboucher la baignoire pendant qu'il piquait son roupillon, mais il garda son inquiétude pour lui. Il se recula pour admirer sa baignoire.

« Elle est magnifique ! dit-il. Personne n'en a jamais eu de pareille. Et personne n'a jamais eu d'aussi bons amis. »

Il ajouta d'un ton de regret :

« Bien sûr, j'aimerais bien me débarrasser de cette méchante rayure, dans le fond. Mais on ne peut pas tout avoir ! »

M. Norton s'éclaircit la voix.

« Il y a encore un cadeau, dit-il. Vous avez de la veine que l'un de nous soit dentiste. Entre nous, il n'y a qu'un dentiste pour vous offrir ça. »

Il tira de derrière son dos une petite trousse bleue.

« Non, dit-il lorsque M. Berryfield fit mine de la prendre. Ce n'est pas ça, le cadeau. C'est ma trousse à outils pour les urgences. Si vous pouviez me

laisser seul dans cette pièce, pendant une heure, je crois qu'ensuite, vous seriez absolument satisfait de votre baignoire. »

Le laisser seul ? Avec la souris qui se cachait toujours dans la pièce ? L'idée répugnait à M. Berryfield, mais tous les autres étaient déjà sortis. Il les suivit donc et s'arrêta seulement pour ramasser le piège à bascule au passage.

« Comme ça, dit-il en riant, vous ne trébucherez pas dessus, et vous ne tomberez pas dans la baignoire. Attention, hein ? »

24

POURQUOI as-tu apporté ce nid à poussière dans la salle à manger ? »

Mme Berryfield fixait d'un air désapprobateur le piège à bascule que M. Berryfield avait placé sur le tapis, à côté de sa chaise en s'asseyant. Il leva les mains et examina ses doigts.

« Ce n'est pas un nid à poussière, dit-il. En tout cas, je ne peux pas le remettre à la cave tant que monsieur... monsieur... Comment s'appelle-t-il ? Tant que le dentiste ne nous laisse pas pénétrer dans la salle de bains. »

Harry sourit en rencontrant le regard de Janet.

« Qu'est-ce que ton père cache dans cette drôle de boîte ? » demanda-t-il.

M. Berryfield n'était guère d'humeur à parler de son invention malheureuse.

« Quoi ? Ce que j'ai dedans ? Rien. La boîte est vide.

— Mon mari est un inventeur à ses moments

perdus, expliqua Mme Berryfield. Il bricole dans son atelier, à la cave. Arthur, c'est la souricière que tu as inventée, n'est-ce pas ? Celle qui ne... »

M. Berryfield se hérissa.

« Celle qui ne marche pas, oui. N'insiste pas, s'il te plaît. »

Il se tourna vers Harry.

« Les souris l'ont complètement dévalisée six nuits d'affilée. Ce n'est pas ma meilleure invention.

— C'est pas grave, dit Harry. Tout le monde peut se tromper.

— Certes. N'empêche que maintenant, vous savez pourquoi j'ai loué ces chats et acheté tous ces pièges à ressort, la semaine dernière. »

M. Berryfield se tut, contemplant la souricière d'un air lugubre. Mais Harry désirait en savoir davantage.

« Alors ce piège n'a rien pris du tout ? Même plus tard ?

— Je vois mal comment, répliqua sèchement M. Berryfield. S'il n'a rien attrapé avec du fromage, comment aurait-il attrapé une souris sans rien ? »

Silvester Pye sortit une grosse montre de sa poche.

« Déjà une demi-heure », soupira-t-il.

Bangs toussa.

« Peut-être qu'un spécialiste du marteau et des pincettes comme moi verrait comment faire marcher ce piège ? » dit-il.

M. Berryfield était plongé dans ses pensées.

« Arthur ! dit Mme Berryfield. Je crois que monsieur Bangs désire que tu lui fasses une démonstration.

— Moi aussi, ajouta Harry. A moins qu'il faille

passer par ce trou pour voir ce qu'il y a dedans ? »

M. Berryfield poussa du pied le piège sur le tapis.

« Si vous voulez, vous n'avez qu'à enlever le couvercle pour regarder. Moi, j'en ai assez. Il n'y a pas grand-chose à voir. »

Octave se raidit. Allait-on le découvrir dans ce piège à bascule ?

Commettre la première fois une erreur aussi grossière n'était pas très malin. Mais être pris à refaire la même gaffe une seconde fois, quel déshonneur ! Et en plus, devant des tas de spectateurs, ceux qui avaient tant admiré ses acrobaties la semaine dernière. Que penseraient-ils de lui, aujourd'hui ? De quoi aurait-il l'air, ce beau champion ? D'un idiot ! D'un triple idiot !

Dans son trou, sous le grillage, pas moyen de se terrer. Même s'il réussissait à musser son museau (à supposer qu'il arrive à se glisser sous la bascule), sa queue de castor dépasserait et le trahirait. Alors, mieux valait ne pas se cacher du tout, et faire semblant de ne pas les voir !

Il entendit pivoter le couvercle, et fut inondé par un flot de lumière. Il y eut un cri de surprise, puis la voix de Janet :

« Maman ! Harry ! Venez voir, tout le monde ! »

Octave mourait de honte.

« Je veux bien m'asseoir sur un coussin rempli de frites si c'est ça que vous appelez une boîte vide !

— Hourra ! s'écria Mme Berryfield. C'est notre protégée ! Et moi qui croyais que nous ne la reverrions jamais ! »

M. Berryfield bondit de sa chaise et regarda l'intérieur de la souricière.

« Peste de souris, tu étais donc dans la boîte ! »

Bangs le forgeron, s'exclama, incrédule :

« Vous n'allez pas me dire qu'elle est restée là toute la semaine, sans rien manger ? Surtout qu'elle est aussi grasse qu'un rat de forge !

— Non, je voulais dire que... »

M. Berryfield ne finit pas sa phrase. Si on le soupçonnait d'avoir vu la souris auparavant, il serait obligé de tout avouer.

« Qu'y a-t-il à côté d'elle ? Regarde, Janet ! Un vélo ! Je parie qu'elle ne peut pas rouler dessus ! Pas elle ! Pas cette bestiole assez idiote pour se faire prendre dans une souricière sans fromage ! »

Octave avait l'impression de vivre un cauchemar, et pourtant, il savait qu'il était bien éveillé. Il se tenait à côté de son vélo et actionnait nerveusement le changement de vitesse, sans oser lever les yeux vers tous ces gens qui le toisaient, sans doute avec mépris. Ils pouvaient lui décerner le titre de champion des nigauds de Merrimack County, il l'aurait bien mérité.

« Arthur ! s'exclama Mme Berryfield. Pense à ce qu'elle peut éprouver. Aimerais-tu qu'une souris parle de toi comme toi tu parles d'elle ? D'ailleurs, c'est notre protégée, celle qui a eu l'accident. Même après que le docteur Potts ait pansé sa queue fracturée...

— Déboîtée, murmura le docteur.

— Même après cela, continua Mme Berryfield, elle a roulé sur son vélo avec le courage d'un lion.

— Vous me l'avez dit, fit remarquer M. Berryfield d'un ton aigre. Elle roulait dans ma baignoire, paraît-il. Et vous parlez encore d'elle comme d'une grande héroïne. Mais si tout cela s'est vraiment passé... Je dis bien *si*, pourquoi votre super-championne est-elle en train de se tourner les pouces dans la plus idiote des souricières qui ait jamais existé ? Et sans fromage, par-dessus le marché ?

— Ma parole, mais vous comprenez toujours tout de travers ! coupa Harry. Je veux bien faire le poirier sur mon vélo si ce piège est idiot ! Alors qu'il a attrapé cet extraordinaire phénomène ! Rien qu'avec l'odeur d'un cheddar de la semaine dernière ! »

M. Berryfield cligna des yeux. Harry plaisantait-il ? Pensait-il qu'après tout, ce piège à bascule était drôlement malin, comme invention ?

« Et les souris que mon piège n'a pas attrapées ? Celles qui ont dérobé le fromage toutes les nuits, pendant une semaine ?

— Oh ! ces souris-là, elles ont un bout de gruyère à la place du cerveau, fit Harry avec dédain. Vous vous attendiez à attraper des bêtes pareilles avec un piège aussi astucieux ? »

M. Berryfield s'assit à nouveau et prit le piège sur ses genoux. Janet s'approcha de lui.

« Harry a raison, papa, dit-elle. Si tu avais vu notre souris rouler, tu saurais qu'elle n'est pas comme les autres. Il faut un piège pas comme les autres pour une souris pas comme les autres. »

M. Berryfield se rappela cette nuit de clair de lune où il avait relâché la souris et l'avait vue partir à vélo. Il revoyait comment, ce matin même, dans la baignoire, elle avait pris des virages difficiles à toute vitesse. Il approuva lentement de la tête.

« Ce système de bascule, vous avez vu comment il fonctionne ? dit-il. Plutôt astucieux, non ?

— Comme un rouage de montre, dit Silvester Pye.

— Vous devriez le faire breveter, déclara Bangs le forgeron. Il y a des gens qui paieraient cher une invention comme ça.

— Ha, ha ! s'esclaffa le docteur Potts, avec tous les gens qui vont défiler chez vous, votre paillasson sera vite élimé ! »

M. Berryfield fixait l'intérieur de la souricière avec admiration.

« C'est vous qui avez mis cet anneau à sa queue, Potts ? Très malin ! Nous pourrions fonder une association d'inventeurs, vous et moi.

— Merveilleux ! s'exclama le docteur. *Potts et Berryfield, inventeurs.* »

Un large sourire s'épanouit sur la figure de M. Berryfield, le plus large sourire que Janet lui ait vu depuis des semaines. Il rapprocha le piège et observa la souris.

« Eh bien, petite canaille, murmura-t-il. Tu dois être drôlement astucieuse pour t'être laissée prendre à mon astucieuse souricière. J'espère que tu ne t'es pas fait trop mal à la queue, en y dégringolant.

— Ça me rappelle qu'elle a ce pansement depuis longtemps, dit le docteur Potts. Aide-moi, Janet... »

Janet souleva Octave dont la tête et la queue dépassaient de ses mains. Le docteur Potts avait fait le bandage de telle sorte qu'en tirant un petit bout de ruban adhésif, tout le reste devait s'en aller.

« A dire vrai, ce n'était pas parfait, comme pansement. Mais il a bien tenu, hein ? »

Avec précaution, il tira sur la canne à pêche fixée au casque bleu électrique.

« Qu'est-ce que c'est que ça ? s'exclama Janet.

Sur son casque... Une plume ? Elle ne l'avait pas, avant. C'est à nous, maman ? »

Mme Berryfield regarda de plus près. C'était une longue plume dorée, collée sur le devant du casque, et qui se dressait comme un panache.

« Non, elle n'est pas à nous. Je ne vois pas d'où elle vient. Aucun membre de la famille n'a de pareilles plumes.

— Crois-tu qu'elle l'ait trouvée chez nous ?

— Peut-être au grenier, intervint Silvester Pye.

— Pas dans notre grenier, j'en suis sûre. Il n'y a pas de saletés là-haut et tant que j'y veillerai il n'y en aura pas.

— Mais maman, protesta Janet, ce n'est pas une saleté. Regarde ! Il y a une sorte de cocarde au bout de la plume. Je parie qu'elle l'a gagnée à une course ! »

« Ah... songea Octave, voilà une fille intelligente ! Elle sait se servir de ses yeux et de sa cervelle. Quand je pense qu'on a traité de saleté ma plume de champion ! »

M. Berryfield scrutait le casque.

« Tu as raison, Janet. C'est une cocarde de champion ! Mais qui ferait la course avec une souris ?

— D'autres souris, bien sûr !

— Mais pour cela, il faut des vélos, s'exclama Mme Berryfield.

— Evidemment ! s'écria Janet.

— Voyons, objecta Mme Berryfield, un peu de bon sens, Janet ! Les souris n'ont pas de vélos ! »

M. Berryfield désigna la souricière.

« Pourquoi pas, Dorothea ? Celle-ci en a bien un... »

Ç A Y EST ! »

M. Norton se tenait sur le seuil. Tandis que les autres levaient les yeux sur lui, il ferma sa petite trousse avec une mimique de satisfaction. M. Berryfield le dévisagea, inquiet.

« Quoi donc ? demanda-t-il.

— Entre nous, dit M. Norton, c'était un véritable défi à mon habileté professionnelle. Pas un dentiste sur cent, probablement, n'aurait osé s'attaquer à un travail de cette difficulté. Mais l'émail, c'est ma spécialité. Venez voir ! »

Miracle ! La rayure au fond de la baignoire avait disparu. Complètement disparu ! Tendant la souricière à Janet, M. Berryfield se mit à genoux pour bien regarder. Cela laisserait-il des traces blanches sur les doigts, comme le dentifrice ? Non, cela n'en laissa pas, même quand il frotta énergiquement l'endroit qui avait été rayé. Ce n'est qu'en penchant la tête à l'autre bout de la baignoire, et en regardant de biais, qu'il put apercevoir une minuscule ligne en relief sur la surface blanche.

« Attention, Arthur, supplia Mme Berryfield. Tu es tordu comme un bretzel. Si tu ne l'aperçois que dans cette position, n'y pense plus ! »

M. Berryfield se redressa et se tourna vers les visiteurs.

« Comment vous remercier tous ? dit-il. Surtout vous, monsieur Norton ! C'est l'un des plus beaux jours de ma vie. »

Il se recula pour contempler sa baignoire. Elle était magnifique ! Avec le porte-savon, le nouveau pied en fer, le ressort de M. Pye accroché au bouchon et, à présent, la rayure disparue, elle était plus belle que jamais.

Alors, M. Berryfield se surprit à songer :

« Il y a une chose qui me rendrait encore plus heureux : voir à nouveau la souris faire du vélo dans ma baignoire ! »

Les autres se moqueraient de lui s'ils le savaient. Ils diraient : voilà ce vieil ennemi des animaux qui tourne casaque et commence à s'attendrir.

« Vous savez, dit-il pensivement, je n'arrive pas à croire que votre souris fasse du vélo dans la baignoire ! Potts, est-ce que vous n'auriez pas mis cet attirail bizarre à sa queue pour me faire avaler cette histoire ? »

La queue d'Octave se crispa nerveusement.

« Ce Berryfield, grommela-t-il, il parle à tort et à travers ! D'abord, il est tout sourire et semble avoir du bon sens. Et puis ensuite, il fait comme s'il ne m'avait jamais vu rouler sur cette piste... comme s'il ne savait rien du tout ! »

« Arthur, dit le docteur Potts, vous êtes sans aucun doute l'homme le plus exaspérant que j'aie jamais connu. Pourquoi pensez-vous que j'aurais passé une heure à enrouler du pansement adhésif autour de la queue d'une souris, puis à le défaire, et à l'enrouler à nouveau ? Sans oublier que j'ai contribué à la faire descendre d'un appareil de rayons X pour l'attirer dans une boîte à chaussures par le truchement d'une tarte aux pommes ! Et tout cela, rien que pour vous faire croire que votre baignoire a été rayée par la pédale de son vélo ?

— Le pansement n'était pas de la mise en scène, insista Mme Berryfield. Sa queue était vraiment fracturée.

— Déboîtée, madame ! corrigea vivement le docteur Potts. Déboîtée, pas fracturée.

— Mais j'avais cru comprendre qu'elle avait perdu toutes ses dents, dit Silvester Pye, justement parce que sa roue avant était dentée et que son vélo faisait tagada, tagada...

— Non, non, Silvester, murmura Bangs. M. Norton a enlevé toutes les dents avec des tenailles et il a bien lissé les bords. Vous vous souvenez ?

— Les dents de la roue, plus exactement, précisa M. Norton. Les dents de la souris, elles, ne sont jamais tombées. Elles sont parfaitement saines et solides. »

M. Berryfield leva les bras au ciel.

« Arrêtez, arrêtez ! dit-il. Les roues, les queues, les dents, tagada, tagada... Je ne veux plus entendre un mot de ces inepties. S'il n'y a pas d'imposture là-dessous, si votre souris sait vraiment conduire un vélo, je veux voir ça sur-le-champ. Et d'ailleurs, qui me dit qu'elle n'a pas gagné cette plume en jouant à cache-cache ? »

Octave ne put en supporter davantage. Quelle preuve désirait cet insultant bonhomme pour croire que celui qui arborait la plume dorée était le champion des champions ?

Janet avait posé la souricière sans couvercle près du porte-serviettes. Rien n'empêchait Octave de grimper le mur grillagé et de sortir. Rien, mais... comment emporter le vélo ?

« Regardez ! s'exclama Harry. Regardez si c'est une *imposture !* »

Octave avait gravi la moitié d'un côté de la souricière. Il grimpait avec ses deux pattes de derrière et une patte de devant, et de la quatrième il portait tant bien que mal son vélo. Tous les quatre ou cinq croisillons il s'arrêtait, en se cramponnant, pour reprendre son souffle.

Lorsqu'il arriva au sommet de la boîte, il fut soulagé de n'avoir plus à escalader que le porte-serviettes. Quelques instants plus tard, il était avec son vélo sur le bord de la baignoire.

« Ah ! voilà donc comment elle monte ! » laissa échapper M. Berryfield.

Sa femme lui sourit.

« Tu commences à croire qu'elle y est déjà montée ?

— Pas exactement, non... »

Il aurait mieux fait de tenir sa langue...

« Je pensais à autre chose... Oh, regardez-moi ça ! Elle roule vraiment ! Regardez-la passer sous vos arceaux, monsieur Harry ! Hé, souris ! Pas la peine de baisser la tête ! »

Octave pédalait doucement sur le bord. En effet, il avait assez d'espace pour lever la tête en passant sous les arceaux du porte-savon, mais il la baissait chaque fois qu'il s'en approchait. C'était instinctif.

Et puis, il n'avait pas envie de suivre les conseils de M. Berryfield.

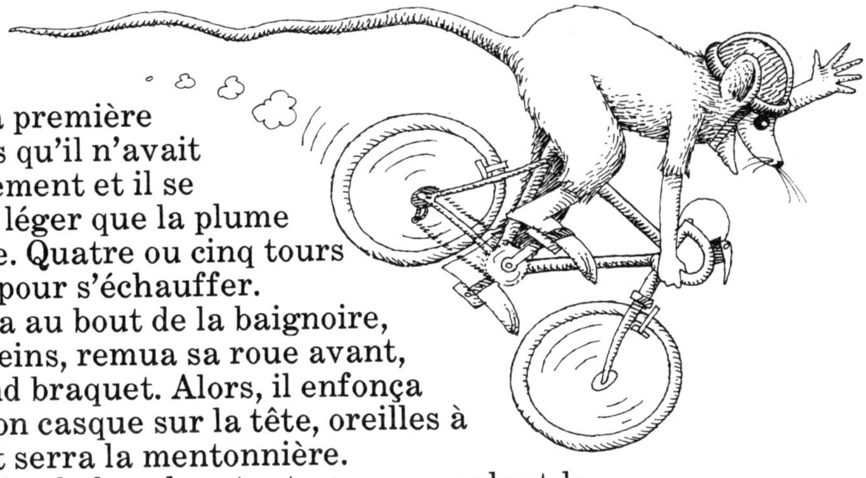

C'était sa première course depuis qu'il n'avait plus de pansement et il se sentait aussi léger que la plume de son casque. Quatre ou cinq tours lui suffirent pour s'échauffer.

Il s'arrêta au bout de la baignoire, vérifia ses freins, remua sa roue avant, passa le grand braquet. Alors, il enfonça solidement son casque sur la tête, oreilles à l'intérieur, et serra la mentonnière.

Puis, il visa le bouchon tout en se rappelant la dernière fois qu'il avait fait la *Descente Infernale de Rio Grande,* ici même, lorsqu'il avait oublié de vérifier la piste et qu'il avait dérapé sur le savon.

Aujourd'hui, aucun problème. M. Berryfield avait lavé et astiqué la baignoire, et le dentiste avait recouvert la rayure d'émail blanc, lisse comme du verre.

« Oh ! non, s'écria Mme Berryfield en voyant la souris se préparer. Encore ça ! Je ne veux pas le voir ! »

Le ton de sa voix inquiéta M. Berryfield. La souris allait-elle essayer un numéro encore plus dangereux que celui qu'il avait vu ?

« Que veux-tu dire, Dorothea ? »

Le champion ne prêtait aucune attention à leurs voix alarmées. Il pensait déjà à la descente vertigineuse qu'il effectuerait, enfin libéré de son pansement. Il appuya deux fois sur son klaxon : Touit ! Touit !

« Faut-il l'arrêter ? » fit M. Berryfield, le souffle court.

Mais Octave avait levé un bras comme un champion saluant les spectateurs. D'un grand coup de patte il prit son élan et fonça sur la pente.

Janet avait une grosse boule au creux de l'estomac ! Son cœur battait à coups redoublés. Ouf ! le vélo était arrivé au fond, et la queue d'Octave volait derrière lui comme une banderole. Elle le vit ouvrir grand la bouche en criant : *Rio Grande !* mais tout ce qu'elle entendit, ce fut le crissement des freins. Le vélo, agité de brèves secousses, s'arrêta à deux doigts du trou.

« Magnifique ! hurla M. Berryfield.

— J'ai regardé ! s'écria Mme Berryfield. Je l'ai vue ! J'ai tout vu ! Elle pédalait ! Elle roulait à toute vitesse !

— Et elle s'est arrêtée juste à temps, dit Harry. Quelle maîtrise ! Je veux bien qu'on me mette au lit avec un buisson d'épine-vinette si c'est pas la plus fantastique souris du monde !

— Une souris, vous voulez rire ! dit M. Berryfield. C'est une championne, oui ! Pourquoi personne ne me l'a-t-il dit ? Quelle chance qu'elle soit venue vivre chez nous !

— Non, papa, dit Janet. Ce n'était pas du tout de la chance. Tu as oublié ? C'est la seule maison à Bel Air Park qui ait...

— Une cave ! coupa M. Berryfield.

— Non, je voulais dire la seule qui ait...

— Un grenier !

— Allons, papa ! Tu sais de quoi je parle ! »

M. Berryfield fronça le sourcil. Puis un sourire apparut sur sa figure.

« Une salle de bains ! Une salle de bains de dimensions honnêtes !

— Tu chauffes ! »

M. Berryfield se gratta la tête et regarda autour de lui. Son œil tomba enfin sur la baignoire.

Il posa tendrement la main sur son bord lisse, blanc, arrondi et recourbé.

« Bien sûr ! Une vraie... »

Il s'arrêta et regarda Octave qui avait commencé à tracer un motif de huit dans le fond de la baignoire.

« Une vraie piste ! déclara triomphalement M. Berryfield. Voilà ce que nous avons et que personne d'autre ne possède ! Une piste pour un champion ! »

Bangs le forgeron avait examiné le piège à bascule.

« Vous savez, observa-t-il, plus pour lui-même que pour les autres, si on l'aménageait, ce serait une chouette petite maison. Comme ça, la souris pourrait aller et venir quand ça lui plairait. »

Mme Berryfield jaugea des yeux la souricière.

« Nous pourrions coller un bout de serviette sur le sol, pour recouvrir le grillage, dit-elle.

— Comme une moquette, ajouta Silvester Pye.

— Peut-être que la souris pourrait suspendre sa canne à pêche et sa ligne au mur, en souvenir de moi, suggéra le docteur Potts.

— Et sur les murs, il y a assez d'espace pour qu'elle accroche ses trophées, remarqua Janet.

— Y'a aussi de la place pour un vélo, sous la bascule », dit Harry.

M. Berryfield observait toujours la souris dont les huit s'allongeaient et montaient de plus en plus haut sur les parois de la baignoire.

« Chaque soir, avant d'aller au lit, murmura-t-il, il faudra que je m'assure que la piste est lisse et parfaitement dégagée.

— Papa ! Tu parles sérieusement ? dit Janet.

— Il n'y a pas de raisons pour que ça ne puisse

pas être une piste le matin et une baignoire le soir. Mais aucun accident ne doit plus venir gâcher notre plaisir à tous les deux. »

Quant à Octave, il était plongé dans ses pensées.

Il saurait toujours, à présent, que les champions ont des défaillances, comme tout le monde, et qu'ils peuvent se montrer insouciants ou stupides. Oui, stupides. Peu importait ce qu'avait dit Harry, c'était de la stupidité pure et simple de s'être laissé attraper deux fois dans le même piège, rien que par l'odeur d'un fromage-qui-n'était-plus-là.

Bien sûr, le piège lui avait aussi sauvé la vie.

« Je devrais donc me réjouir d'avoir été stupide ! » pensa-t-il en riant.

Il se rappelait les jours de courses, les foules en liesse, les dîners copieux, les longues veilles. Fini, tout cela ! Quel intérêt d'être champion si cela vous rendait gras et à bout de souffle ? Lui, il serait un champion d'un nouveau style.

Déjà, il se sentait davantage lui-même. Le vélo filait comme le vent.

« Quand j'aurai repris mon poids normal, se dit-il, je pourrai rouler comme ça pendant des mois sans m'arrêter pour me reposer. Mes pattes ont dû drôlement se muscler quand j'ai porté ma queue de castor, la semaine dernière ! À présent que j'en suis délivré, j'ai vraiment l'impression de voler ! »

« Et maintenant, conclut-il, à moi la gloire ! Qu'est-ce que tu attends, Octave ? Qu'est-ce qui pourrait t'empêcher de devenir champion du monde ? »

Imprimé en France
Sur les presses de Maury-Imprimeur S.A.
45330 Malesherbes
N° d'imprimeur : H79/7342
Dépôt légal : 9362 – 4e trimestre 1979
20.19.5875.02
I.S.B.N. 2.01.005525.X
Loi n° 49-956 du 16 juillet 1949 sur les publications
destinées à la jeunesse – Dépôt : octobre 1978

20.5875.8
79.10